Volker Leuoth

# Blaues Tuch

Ein Historischer Roman
aus der Zeit der Tuchherstellung
in Burtscheid bei Aachen – um 1820



ELV

Volker Leuoth

# Blaues Tuch

## Ein historischer Roman aus Burtscheid

Eifeler Literaturverlag 2024

## Impressum

1. Auflage 2024

In der Verlagsgruppe Mainz


Printed in Germany

Eifeler Literaturverlag
Verlagsgruppe Mainz
Süsterfeldstraße 83
52072 Aachen
www.eifeler-literaturverlag.de

Gestaltung, Druck und Vertrieb:
Druck & Verlagshaus Mainz
Süsterfeldstraße 83
52072 Aachen
www.verlag-mainz.de

Abbildungsnachweis (Umschlag):
https://de.m.wikipedia.org/wiki/Datei:Burtscheid_Stich_Kurgarten_1822.jpg

ISBN-10: 3-96123-020-X
ISBN-13: 978-3-96123-102-7

# Prolog

»Mama, Mama, Post für dich. Guck mal, was das für ein Stempel ist. Von der Stadt habe ich noch nie was gehört.«

Der Junge glättete das zerknitterte Päckchen und buchstabierte nun mit Hilfe des Zeigefingers: »P – i – t – t – s – burg – h. Wo liegt das?«, fragte er aufgeregt seine Mutter.

»Ich glaube in Amerika.«

»Schau, Mama, dein Name steht drauf, aber nicht, von wem der Brief kommt.«

Nichts ahnend nahm seine Mutter das Päckchen an sich und legte es zunächst auf den Stapel für Schreiben an das Unternehmen und beachtete es nicht weiter. Zu viel Post kam täglich ins Haus.

Als dann am Abend ein wenig Ruhe eingekehrt und alle notwendigen Absprachen für den nächsten Tag erledigt waren, erinnerte sie sich an die geheimnisvolle Sendung und las die Anschrift.

»Brammertz heiße ich ja nun schon länger nicht mehr«, murmelte sie und nahm das Päckchen zum Öffnen in die Hand.

Als sie einen Zettel entnahm und auffaltete, durchfuhr sie ein Schreck, der ihr wie ein Stich ins Herz ging und sie heftig zittern ließ.

Auf dem Papier stand in ungelenker Schrift zu lesen:

Nach mehr wie 15 Jar meld ich mich aus Amerika. Ich schik dir Geld aus der Prosche und wegen einer anderen Sach. Ich brauchte damals das Geld musste ja abhaun. Mir hat das alles keine ruh gelassen ... - deswegen jetz der Brif. Jetz hab ich einen kleinen Laden wo ich Stoffe verkauf und ein Kind.

Mir gets gut. Hofentlich dir auch.

Verzei mir.

Verwirrt legte sie den Zettel auf den Tisch, nahm einen Stapel Geldscheine aus der Tüte und betrachtete ihn wie einen Störenfried, der plötzlich in ihr Leben eingedrungen war und an längst Vergessenes erinnern sollte.

Aufgewühlt lehnte sie den Kopf an die Rückenlehne ihres Sessels und schloss die Augen.

# 1.

»Herzlich willkommen!« Damit begrüßten Hausdiener die ankommenden Gäste der Unternehmerfamilie Brammertz in Burtscheid.

Etliche Kutschen waren nacheinander vor das prächtige Gebäude gefahren. Es war in Form eines Ehrenhofes mit einem Querbau und zwei Flügelgebäuden angelegt. Der hohe, schwarz gestrichene Gitterzaun, versehen mit einem eindrucksvollen Eingang aus Schmiedeeisen, sollte diese Welt von jener der einfachen Leute trennen.

Dort hatte die Familie ihren herrschaftlichen Wohnbereich, dessen prachtvolles Portal zwei blühende Rosenstämme einrahmten. In einem Flügel befanden sich das Bureau des Unternehmers und das Kontor.

Neben dem Gebäude erhob sich die Fabrikhalle mit einem riesigen Tor und großen, düsteren Fenstern, die wie die Augen eines Ungeheuers auf die zahlreichen Arbeiter schauten, die Tag für Tag ihrer schweren Tätigkeit nachgingen.

Die weiblichen Hausangestellten halfen den Damen mit ihren ausladenden Röcken, sich durch die schmale Kutschentür zu zwängen.

Eine der Bediensteten, die junge Elisabeth, hatte die besondere Aufgabe, die mächtigen ballonförmigen Ärmel der Damen so aus der Kutsche herausgleiten zu lassen, dass sie keinen Schaden nehmen konnten.

Das junge Mädchen betrachtete neidvoll die unter dem Kinn gebundenen Schutenhüte. So was würde sie sich nie leisten können. Aber das Hantier mit dem hinten hochgebundenen und vorn abgeflachten Rock würde sie nicht jeden Tag haben wollen, beschloss sie und lächelte höflich, als sie der Gattin des Bürgermeisters aus dem Wagen half. Zu gern wäre sie allerdings das ewige Einerlei ihrer Kleidung mit dem Häubchen, der langen Schürze und den groben Schuhen losgeworden. Wie sollte sie so an einen Mann kommen? ›Söhne von denen da‹, damit meinte sie die Gäste in den anrollenden Kutschen, gezogen von herausgeputzten Pferden und dem Kutscher in einer Livree auf dem Bock, ›die schauen unsereins nur an, weil sie sich hinter der Schürze den Busen vorstellen oder dir beim Vorbeigehen einen heimlichen Klaps auf den Hintern geben.‹

Die älteren Männer in ihren grauenvollen schwarzen Gehröcken und Zylindern auf dem Kopf sind nicht besser – nur väterlicher. Da bliebe sie lieber bei Peter, der als Knecht seinen festen Lohn bekam und wusste, wie man ein Mädchen glücklich machen kann. Aber reichte das für die Ehe?

Während ihre Gedanken abschweiften, wäre Elisabeth beinahe einer der Damen an der Austrittstufe der Kutsche auf den Rocksaum getreten. Erschrocken mahnte sie sich selbst zur Achtsamkeit und verschwand zunächst wieder im Dienstboteneingang.

Jeder Gast wurde zum Speisesaal geleitet. An der breiten Tür angekommen, fiel der Blick zunächst auf farbige Tapeten mit Schäferszenen, die den Betrachter in die unberührte Natur versetzen sollten. Einige goldgerahmte Gemälde zeigten Ahnen der Familie in üppiger Kleidung, umgeben von Beigaben aus wertvollem Glas, Hirschgeweihen und seltenen Pflanzen. Sie schienen das Geschehen im Saal und an der Festtafel überwachen zu wollen.

Kenner unter den Gästen betrachteten interessiert die Vitrine aus kostbaren Intarsien mit uraltem Porzellan. Der aus verschiedenen Hölzern bestehende braune Fußboden bildete einen wirkungsvollen Gegensatz zur weißen Stuckdecke.

In der Mitte des Saales stand die wuchtige, festlich gedeckte Tafel.

Henriette Brammertz begrüßte an der weit geöffneten Tür herzlich lächelnd Verwandte und gute Bekannte. Honorationen von Burtscheid und aus Aachen hieß sie höflich distanziert willkommen. Ihre nach wie vor jugendliche Figur wurde durch die eng geschürzte Taille betont. Auf die mächtigen Ärmel der derzeitigen Mode hatte die Hausherrin verzichtet. Jeder durfte ihre vornehm blassen Arme bewundern. Es war ja auch Sommer. Sollen die alten Schachteln doch neidisch werden, dachte sie und fühlte sich ausgesprochen wohl in ihrer Haut, als sie die Gattin eines ortsansässigen Unternehmers begrüßte.

Neben ihr stand die 17jährige Katharina, das nunmehr einzige Kind der Gastgeber, nachdem vor Jahren der Erstgeborene an Typhus gestorben war. Ihr hochgestecktes blondes Haar wurde durch einen kostbaren Kamm geschmückt. Sie trug ein Kleid aus feinem blauen Tuch, das am Hals von einer Brosche gehalten wurde. Das reich verzierte, überaus wertvolle Schmuckstück war ein Geschenk ihrer verstorbenen Großmutter. »Es ist französischer Stil«, hatte jene gemeint, als sie Katharina die Brosche an das Kleid geheftet hatte.

Des Öfteren hatte Katharina vor dem Geburtstagsfest das Erbstück aus der Schatulle genommen und ausgiebig vor dem Spiegel betrachtet. In der Mitte befand sich ein Saphir, umrahmt von strahlenförmig angeordneten hellen Edelsteinen, eingefasst in Weißgold.

Wenn Katharina die Brosche in der Hand hielt, empfand sie große Dankbarkeit, so reich beschenkt worden zu sein – und es gefiel ihr, sie zu besonderen Anlässen zu tragen.

Die eintreffenden Gäste waren von Kathi – wie sie in der Familie genannt wurde – angetan. Besonders die Herren. Henriette nahm es mit sichtlichem Stolz zur Kenntnis, war ihre Tochter doch im heiratsfähigen Alter. Wie sie allerdings bemerkte, befand sich unter den jüngeren Gästen kein Kandidat, der zu ihr gepasst hätte.

Kathi begrüßte die älteren Herrschaften mit einem angedeuteten Knicks und wechselte mit dem einen oder anderen ein paar belanglose Worte.

»Nun Katharina, wirst du uns wieder was Schönes vorspielen? Ich bin schon gespannt.«

»Ja, Herr Pfarrer. Für Sie habe ich mein Lieblingsstück rausgesucht.«

»Ich freue mich drauf«, meinte er, lächelte ihr zu und verschwand im Speisesaal.

Henriette legte die Hand auf die Schulter ihrer Tochter.

»Du verstehst es, Männer zum Lächeln zu bringen«, flüsterte sie ihr zu und schaute sie dabei liebevoll an.

»Mal sehen, ob es auch bei unserem Verwalter klappt«, meinte Kathi in aufgekratzter Stimmung, als sie Friedrich Radermann die Treppe heraufkommen sah. Er war mittleren Alters, groß gewachsen und von hagerer Gestalt. Der leicht gekrümmte Rücken zeugte von der jahrelangen schweren Arbeit eines Tuchmachers und der späteren Verantwortung als Verwalter. Es gelang ihm, in dem sicherlich selten getragenen schwarzen Anzug und mit der seidenen Halsbinde einen guten Eindruck zu hinterlassen.

Die beiden unterhielten sich trotz des großen Altersunterschiedes sonst immer gern über Gott und die Welt. Diesmal aber war er förmlich und begrüßte die Damen ohne eine Miene zu verziehen.

Mutter und Tochter waren über das seltsame Verhalten verwundert. »Ob er Kummer hat?«, meinte Katharina und beließ es dabei.

Leonhard Brammertz, ein schwergewichtiger Mann von großer Statur, lief von einem zum anderen Gast und genoss die Ehrungen und Glückwünsche zu seinem 50. Geburtstag. Mancher Freund wünschte ihm mit verschmitztem Lächeln und unterdrückter Stimme vielsagend ein weiteres Jahr irdischer Freuden! War er doch bekannt dafür, es mit der ehelichen Treue nicht so genau zu nehmen.

Die Honorationen dagegen leierten pflichtgemäß ihre Glück- und Segenswünsche herunter.

Wie es Brauch war, erhob sich zunächst der Geistliche. Augenblicklich wurde es still an der Tafel. Jeder spürte, dass er es gewohnt war, bei vielen Festen in Burtscheid Ehrengast zu sein, wovon sein Bauchumfang erzählte. Im kurzen Gebet dankte er zunächst dem Himmel für den reich gedeckten Tisch und erst danach folgten Segenswünsche für das Geburtstagskind und die Bitte um Gesundheit und Wohlergehen der Gastgeberfamilie.

Inzwischen hatten sich die Bediensteten zurückgezogen, um einen der nächsten Gänge mit Wildfleisch und Fisch, dazu Pasteten nach französischem Rezept, vorzubereiten.

Immer wieder klirrten mehrfach die Gläser unter den zarten Schlägen derjenigen, die den Jubilar ehren wollten und ihn mit ernsthaften oder spaßigen Beiträgen bedachten.

Offensichtlich befanden sich Sangesbrüder unter den Gästen, die dem ernsten Segen des Pfarrers etwas Heiteres entgegensetzen wollten, als der Apotheker wie verabredet anstimmte: »Er lebe hoch …, er lebe hoch …!« Sofort stimmten die Gäste ein. Die hellen Sopranstimmen der Damen bildeten zusammen mit den geübten Tenören und Bässen einen wunderbaren Klang zum Wohl des Gastgebers. »Er lebe hoch …, dreimal hoch!«, und jeder griff zum Glas und prostete in die Runde.

Noch während der vielen Lobenshymnen um die Verdienste des Hausherrn in den vergangenen Jahren setzte allmählich leichte Schläfrigkeit ein. Die beginnende Verdauung verlangte nach Entspannung!

In der Pause vor dem mit Ungeduld erwarteten Dessert gab Henriette ihrer Tochter ein Zeichen. Dabei stellte sie für alle gut hörbar die musikalischen Fortschritte ihrer Tochter am neuen Hammerklavier heraus. Dies missfiel Katharina gehörig. Sie murmelte vor sich hin: »Ich bin doch kein Zirkusäffchen, das man vorführt.«

Mit bösem Blick auf ihre Mutter stand sie auf und strich ihr Kleid glatt. Als sie das Instrument erreicht hatte, wartete sie, bis alle Gespräche verstummt waren und kündigte mit leiser Stimme an, eine Sonatine von Diabelli spielen zu wollen.

Gespannte Ruhe war eingetreten. Kaum hatte sie die ersten Takte – mit Wut im Bauch über die Äußerungen ihrer Mutter – etwas zu forsch gespielt, kam Unruhe auf.

Der Hausknecht war ohne anzuklopfen in den Festraum gestürmt. Nach wenigen Schritten erreichte er den Hausherrn. Noch ehe Brammertz begriff, was sich ereignet hatte, packte Henriette den Knecht am Kittel. »Wilhelm, was soll das!?«, zischte sie ihn an. »Ich bitte um Verzeihung«, flüsterte er. »Junge Tuchmacher, darunter Scherer und Färber von uns, sind mit den wartenden Kutschern in Streit geraten. Es hat eine Prügelei gegeben. Ein Gespann konnte vom Kutscher nicht mehr gehalten werden und ist durchgegangen, nachdem sich der Mann mit der Peitsche verteidigen musste.«

Katharina war die Unruhe nicht verborgen geblieben. Sie verspielte sich und ließ schließlich die Hände sinken.

Unheilvolle Stille hatte sich breitgemacht. Fragende Gesichter. Wortfetzen wurden flüsternd weitergegeben.

Inzwischen hatte sich der Hausherr etwas gesammelt. Seine Serviette flog über den Tisch. »Radermann, mitkommen!«, bellte er laut über die Festtafel hinweg und drängte am Hausknecht vorbei, der sich als Überbringer der schlechten Nachricht in seiner Haut nicht wohl zu fühlen schien.

Einige der Herren hatten sich aus Sorge um ihre Kutsche dem Hausherrn und seinem Verwalter angeschlossen. Schon waren das Wiehern der Pferde und laute Männerstimmen zu hören.

»Aus welchem Grund wird hier Unfrieden gestiftet?«, donnerte Brammertz den Kutscher an, der ihm am nächsten stand und eines seiner Pferde am Halfter festhielt, um es zu beruhigen.

»Mit Verlaub«, antwortete der Mann, »ich musste mich mit der Peitsche gegen zwei junge Kerle wehren. Erst hatten sie mir mit unflätigen Worten zu verstehen gegeben, dass ich den reichen Tuchfabrikanten die Füße lecken würde, weil ich eine Livree trage und auf dem Bock sitze. Dabei bin ich froh, Arbeit zu haben. Dann griffen sie mich an und wollten mich runterzerren.

»Kennst du die Übeltäter von irgendwoher? Und wo ist die Kutsche geblieben, deren Pferde angeblich durchgegangen sind?«

»Mit großer Mühe hat Otto ein schweres Unglück verhindert.« Dabei zeigte der Kutscher die abschüssige Straße hinunter.

»Erst weit entfernt kam das Gespann zum Stehen, und Otto hat sich erst wieder hierher getraut, nachdem die Schläger verschwunden waren.«

Zum Glück waren keine Personen, keine Pferde und auch keine Kutsche zu Schaden gekommen. Brammertz konnte daher die neugierig nachdrängenden Gäste beruhigen und sie bitten, wieder an die Festtafel zurückzukehren.

Zusammen mit seinem Verwalter blieb er noch draußen, denn er wollte unbedingt wissen, wer der oder die Übeltäter wären und wollte seine Wut über das gestörte Festessen loswerden.

Er hatte eine Vermutung und wandte sich an Radermann: »Es handelt sich nicht um einen Dumme-Jungen-Streich, sondern um einen Angriff auf mich und meine Gäste. Wir müssen noch mehr herausfinden!«

Damit sprach er nochmals den Kutscher an und musste sich dabei zwingen, diesem nicht seinen Unmut zu zeigen. »Also nochmal: Sind dir die Burschen bekannt?« In diesem Moment übernahm Radermann die weitere Befragung und ergänzte: »War der eine von kräftiger Statur, wirre blonde Haare, kräftiges Kinn, stechend blaue Augen?«

»Ich glaube, er heißt Hein«, antwortete der Kutscher, »denn als der andere von mir abließ, weil sich die Pferde im Geschirr aufbäumten, hatte er ihm zugerufen: ›Hein, komm jetzt, wir müssen weg!‹«

»Volltreffer! Das muss er sein!«, meinte Brammertz erregt. Von seinem Angestellten kannte er bisher nur den Vornamen. Er brachte ihn einerseits mit massivem Fehlverhalten, andererseits mit guten Arbeitsergebnissen in Verbindung.

Dankbar lächelnd wandte sich Brammertz dem Kutscher zu und ging mit seinem Verwalter zum Haus zurück. »Wir sollten das Urteil des hiesigen Gerichts beachten. Wir Unternehmer müssen jegliche Unruhe unterbinden!«

Er dachte einen Moment nach. »Was meinen Sie, wollen wir ihn rauswerfen und wegen Aufruhrs bei der preußischen Polizei anzeigen? Oder noch einmal ein Auge zudrücken?«

»... weil wir ihn brauchen!?«, vollendete Radermann seinen Satz.

»Ja, aber wie lange?«, erwiderte Brammertz. »Noch brauchen wir seine Muskelkraft und seine Erfahrung im Umgang mit den Werkzeugen und Arbeitsabläufen.«

»Und genau hier beginnt das Problem«, fuhr der Verwalter fort, während beide den Speisesaal betraten. »Er beherrscht die riesige Schere wie kaum ein anderer und ist dazu ein erfahrener Färber für unser feines Tuch – unser blaues Tuch.«

»Aus weichem Burtscheider Wasser«, ergänzte Brammertz und lächelte trotz des ernsthaften Themas.

»Daher kommt sein übersteigertes Selbstbewusstsein und die Neigung, Konflikte mit Gewalt auszutragen. Weil er keine Ruhe gab, war ihm ja bereits in Vaals gekündigt worden.«

Nach einer kurzen Pause wollte Brammertz wissen: »Wie ist nochmal der Name seiner Familie?«

»Kessel.«

Radermann spürte die Bedeutung dieses Gesprächs, denn aus persönlichen Gründen war er sehr daran interessiert, dass die Situation zugunsten des Burschen ausging.

»Offensichtlich ist er gegen alle Neuerungen. Er hat die Vorstellung, dass alle Änderungen den Heimarbeitern die Lebensgrundlage nehmen würden«, meinte Brammertz. »Und ich denke, er verlangt noch mehr: den Umsturz der bestehenden Ordnung!«

»Aber nicht den Sturz der Obrigkeit«, schwächte Radermann ab, »obwohl er durch die Region zieht und seine aufrührerischen Gedanken mit Sachbeschädigungen ausdrücken möchte.«

Der Verwalter seufzte hörbar. »Es ist leider so, dass Rebellische in Monschau neuartige mechanische Webstühle und Schermaschinen in den nächsten Bach geschmissen haben. Und sie wollen erzwingen, dass der Einbau von Dampfkesseln und Dampfmaschinen verhindert wird. Nach deren Auffassung werden die Heimarbeiter durch die neuartigen Maschinen gezwungen, nun aus ihren Dörfern heraus als abhängige Lohnarbeiter bei Wind und Wetter weite Wege zur Tuchfabrik auf sich zu nehmen und danach stundenlang stumpfsinnige Arbeit dort an den Maschinen zu verrichten. Zugegeben, Hein Kessel ist verwahrlost, und es war ein Fehler, ihn bei uns einzustellen. Ich sah in ihm einen tüchtigen, gut ausgebildeten Scherer. Den Rauswurf hatte er uns ja verschwiegen. Man bedenke aber: Seine Mutter ist früh gestorben, der Vater, selber herzkrank, und Hein, als Ältester der Geschwister, mussten für alles sorgen. Keine leichte Aufgabe«, murmelte er, aber doch so laut, dass es Brammertz mitbekam. »Außerdem möchte ich noch vermerken, dass die jungen Leute – wie dieser Kessel – in das neue Gedankengut unserer Zeit hineinwachsen.«

Radermann war erstaunt über sich selbst, wie er plötzlich Stellung für die Jugend einnahm. Oder steckte auch in ihm der Wunsch nach Veränderung, um vielleicht auf der gesellschaftlichen Leiter ein paar Sprossen nach oben zu klettern? Oder war etwas ganz anderes dahinter? Angst?

»Erst französisch«, fuhr Radermann fort, »nun sind wir preußisch. Daher fühle ich mit den jungen Leuten, wie den Hein Kessel, wenn ihnen die Arbeitsbedingungen nicht behagen.«

Brammertz schaute seinen Verwalter verdutzt an und schmunzelte: »Sie reden wie ein Gelehrter.« Unbeeindruckt sprach Radermann weiter: »Mir ging es wie den jungen Leuten heute. Eine neue Welt hatte sich während der Franzosenzeit aufgetan. Liberté, egalité, fraternité. Die altvorderen Zünfte in Aachen und sonst wo hatten nichts mehr zu sagen. Es herrschte Gewerbefreiheit, und die Engländer konnten sich wegen der Kontinentalsperre ihre Waren an den Hut stecken.«

»Und wie stand es um die Tuchmacherei?«, wollte der Unternehmer wissen, der etwas jünger als sein Verwalter war und erst spät durch den Vater in die Geheimnisse der Tuchmacherei eingeführt worden war, da es ihn mehr zur Schifffahrt in den Norden gezogen hatte.

»Mit der Wirtschaft war es mächtig bergauf gegangen«, fuhr Radermann fort und unterstrich seine Worte gestenreich. »Unsere Tuche wurden sogar bis nach Russland geliefert. Wir bemühten uns sehr, die Konkurrenz durch Qualität beim Weben, Walken und Scheren abzuhängen und in den Farben besonders wählerisch zu sein – wie das blaue Kleid von Mademoiselle Katharina zeigt.

Gemocht haben wir ihn ja nicht, den Emporkömmling aus Frankreich, aber er war wichtig für uns«, machte Radermann weiter und merkte während seines Redeflusses nicht, dass der Hausherr mehr und mehr auf seinen Platz an der Tafel zusteuerte. »Anders als sonst wo in Deutschland, auch bei Ihnen im Norden, galt hier, dass ein Metermaß exakt ein Meter war, in Liège, Montjoie oder in Aix-la-Chapelle, wie sie unsere Nachbarstädte alle nannten. Die Gewichte waren gleich und wurden streng kontrolliert. So konnte man nicht so schnell übers Ohr gehauen werden. Und mit dem einheitlichen Geld wurde der Handel auch leichter. Selbst der Segen von oben war da. In Aachen gab es nämlich von Napoleons Gnaden plötzlich einen Bischof!«

»Aber Aachen war besetzt!«, schnitt ihm Brammertz das Wort ab, während er sich an seinen Ehrenplatz setzte. »Wir sollten nach dem Essen im Herrenzimmer weiterreden und es uns erst mal gut gehen lassen. Das Dessert wartet«, meinte er lächelnd.

Nach all der Aufregung war Radermann der Appetit vergangen. Er wunderte sich, wie leichtfüßig diejenigen mit den Problemen von Reichen und Armen umgehen, die auf der richtigen Seite des Tisches sitzen. So wie er sich heute der Ehre bewusst war, mit an der Tafel Platz nehmen zu dürfen und Köstlichkeiten vorgesetzt zu bekommen. Trotzdem fühlte er sich unwohl und hätte allzu gern den Herrschaften die Maske vom Gesicht gerissen und ihnen entgegen geschrien, was es bedeutete, arm wie Kirchenmäuse zu sein, ohne Aussicht auf Veränderung. Das Vermögen der Fabrikanten jedoch vermehrt sich ständig, und er, der Verwalter, half dabei mit, schämte er sich!

Radermann hatte sich, ausgestattet mit dem Spürsinn für das Unten und Oben in der Gesellschaft und für Privilegien, die seine Familie nie erreichen würde, vom einfachen Tuchmacher zum Verwalter hochgearbeitet. Er wusste, dass er dort bleiben würde, wohinein er geboren worden war. Trotzdem hatte es ihm einen leichten Stich ins Herz versetzt, als er Katharinas Musizieren zuhörte. Etwas, das er seiner Tochter Irmgard niemals ermöglichen könnte.

Vielleicht sollte es so sein, tröstete er sich, denn auch diese Familien tragen Sorgen und Probleme mit sich herum – möglicherweise sogar größere!

Nachdem Radermann ein wenig von der feinen Crème probiert hatte, legte er den Löffel beiseite und blickte über die Gäste hinweg in den herrschaftlichen Park. Seine Augen schienen in dem satten Grün der Bäume Halt zu suchen.

Lautes Beifallklatschen brachte ihn aus seiner Gedankenwelt wieder in die Wirklichkeit zurück. Ein Gast hatte mit der letzten Laudatio den Gastgeber geehrt. Auch Radermann spendete Beifall und machte sich lustlos über das weitere Dessert her, das von allen Seiten als besonders köstlich gepriesen worden war: Eis mit heißen Erdbeeren und Sahne.

Radermann spürte einen leichten Schrecken, als er Katharinas Stimme hörte. Sie hatte sich auf den freien Platz neben ihn gesetzt. Beide mochten einander. Als sie noch klein war, hatten sie oft Späße gemacht. Wenn er auf dem Weg zum Kontor im elterlichen Gebäude war und sie sich zufällig begegneten, hatten sie sich hinter einer Säule versteckt oder sind mit steifen Beinen wie Soldaten über den langen Flur stolziert, wobei sich beide vor Lachen schütteln mussten.

Nachdem sie zu einer jungen Dame herangewachsen war, scherzte er kaum noch mit ihr. Nach seiner Vorstellung schickte es sich nicht, mit der fast erwachsenen Tochter seines Vorgesetzten herumzualbern. Was sie allerdings anders sah.

»Sie schauen so ernst!« Dabei blickte sie ihn fragend und leicht keck an. Radermann murmelte vor sich hin: »Ich mache mir große Sorgen, denn überall rumort es. Was wir vorhin erlebt haben, ist nur der Anfang. Ich befürchte, dass es zu Ausschreitungen kommen wird, wenn die Arbeiter nicht gerechter behandelt werden und ihre Arbeitsplätze nicht gesichert sind. Hinzu kommt, dass die Konkurrenz aus Prato in der Toskana und neuerdings auch aus der Lausitz Tuche liefert, die mit unserem feinen Produkt nicht mithalten können, aber billiger sind. Zudem proklamieren neuerdings die Herren Studenten ein einheitliches, starkes Deutschland, und man sollte die Fürstentümer mit ihren Zollschranken abschaffen, die den Handel behindern. Wie dein Vater, so denke auch ich darüber: So etwas rüttelt am Fundament unserer Wirtschaft!«

»Aber Monsieur Radermann«, fiel ihm Katharina ins Wort, »würden wir nicht hinten angestellt werden? Napoleon ist nun mal nicht mehr. Mein Vater ist trotz des damaligen wirtschaftlichen Aufschwungs froh darüber.«

»Die Preußen sind wenigstens Deutsche«, meinte er, »aber auch die halten an den alten Zöpfen fest.«

Und wie zum Trotz schob sie nach: »Das wollen wir Jungen nicht mehr. Wir wollen Gerechtigkeit für die Arbeiter und ihre Familien, besonders, wenn es ihnen wegen Krankheit oder einem Unfall schlecht geht!«

»Gerechtigkeit will ich auch – ohne die Obrigkeit abzusetzen und alles in der Gesellschaft von unten nach oben zu kehren«, erwiderte ihr Tischnachbar.

Radermann war beeindruckt von Kathis klaren Vorstellungen, da sie als Frau, dazu noch eine junge, über solche Themen keine Gedanken verlieren sollte. Höchstens Haushalt, Kindererziehung und schöngeistige Dinge würde er ihr, wie es bislang Brauch und Sitte war, zugestehen. So werden einige der Herren und er nach dem Essen im Herrenzimmer zusammensitzen. Die Damen werden ja bestimmt im kleinen Salon von Madame Henriette wertvolle Klöppeldecken aus Sachsen bestaunen, dazu Teile der Aussteuer ihrer Tochter und deren Fortschritte im Sticken und beim Klavierspielen.

Genüsslich hatte sich Leonhard Brammertz in seinen Lieblingssessel fallen lassen. Die hinzu gebetenen Gäste taten es ihm gleich.

»Genug der Ehrungen und des Krawalls. Lasst uns genießen, soweit es nach dem Vorfall überhaupt möglich ist«, meinte der Hausherr und gähnte ausgiebig.

Eine aus wertvollem Holz gefertigte Zigarrenkiste wurde herumgereicht, wobei Elisabeth von Gast zu Gast ging, um Feuer zu reichen. Der Apotheker hielt ihre Hand etwas zu lang, bevor sie weiter ihre Runde machen konnte. Inzwischen hatte der Duft des teuren Tabaks den gesamten Raum besetzt und fand volle Anerkennung der Raucher. Nachdem die Angestellte Gläser und Cognacflasche zurechtgestellt hatte, verließ sie lautlos wieder das Zimmer.

»Eine hübsche Bedienung!«, meinte der Bürgermeister, wobei er den Rauch seiner Zigarre in die Luft blies und dabei vielsagend grinsend zum Apotheker schaute.

»Gutes und vor allem loyales Personal ist in heutiger Zeit sehr wichtig«, fuhr der Hausherr etwas zu laut dazwischen. »Meine Herren, wir sehen, was passieren kann. Wir müssen uns fragen, ob dieser Hein Kessel aus eigenen Stücken handelt oder eine ganze Bewegung dahintersteckt, die das soziale Gefüge umstürzen möchte.«

»... oder es ist eine Verzweiflungstat?«, fiel ihm der Pfarrer ins Wort. »Ich glaube nicht an so etwas wie Revolution. Es sind vorwiegend Scherer, die um ihre gut bezahlte Arbeit fürchten und niemand kann ihnen ernstlich verübeln, wenn sie radikal werden.«

Der Doktor blickte fragend zum Gastgeber. »Sollten die Unternehmer neben ihrem berechtigten Streben nach Gewinn nicht auch die Tuchmacherfamilien im Auge haben? Der Einsatz von mehr Maschinen stürzt die Heimarbeiter in die Armut und macht sie krank. Ich kann in meiner Praxis ein Lied davon singen. Lohnkürzungen und Entlassungen tun ihr Übriges.«

»Strenge und Unnachgiebigkeit gegenüber Aufrührern. So sollte man mit ihnen verfahren!«, kam es vom Bürgermeister, als eine Pause eingetreten war.

Ohne auf die Meinung der Gäste einzugehen, nahm Brammertz sein Cognacglas und leerte es in einem Zug. »Wir müssen mit der Zeit gehen und moderne, leistungsfähige Maschinen aufstellen. Da bleiben Ungerechtigkeiten nicht aus, so leid es mir tut! Wir wollen froh sein, dass wir nicht wie die Aachener vom Zunftzwang gegängelt werden. Das gibt uns Entscheidungsfreiheit.«

Radermann saß wie auf heißen Kohlen und hätte sich am liebsten in einem Mauseloch verkrochen, denn bestimmt würde er gleich von den anderen aufgefordert werden, seine Meinung aus der Sicht des Angestellten, insbesondere zum Fall Kessel, kundzutun. Dann hörte er endlich so etwas wie ein Schlusswort des Unternehmers: »Wir haben die Folgen der schlimmen Hungersnot überstanden und die heimtückischen Typhuserkrankungen mit den vielen Toten. Dann werden wir auch damit fertig werden. Ich werde mir morgen den Anstifter vornehmen. Er wird sich einsichtig zeigen, und Sie, Radermann, werden sozusagen als Anwalt der anderen Seite dabei sein.«

Ohne Übergang beendete er die Herrenrunde und prostete zuerst dem Pfarrer zu. »Was ich noch erwähnen wollte: Meine Spende an unsere Kirche habe ich gern getan.«

Damit gibt er auch noch an, dachte Radermann und erhob ebenfalls sein Glas.

Nach und nach standen die Gäste auf, dankten und schienen froh zu sein, endlich ihren längst fälligen Mittagsschlaf halten zu können.

Brammertz hielt seinen Verwalter zurück. »Was ich noch besprechen wollte: Die Konkurrenz aus Italien und dem Osten sitzt uns im Genick. Ich habe große Sorge«, dabei senkte er die Stimme, »dass wir wirtschaftlich abgehängt werden, wenn wir nicht auf billigere Ware umstellen.«

Radermann blickte aus dem Fenster und ließ sich mit der Antwort Zeit. Es ehrte ihn, in einer solch weitreichenden Entscheidung gefragt zu werden. Schließlich erwiderte er: »Sollen die in Euskirchen, Verviers oder sonst wo doch ihre groben Stoffe weiter produzieren, mit denen sie Soldaten in ihren Uniformen oder die Ackerbauern zufriedenstellen. Ich schlage untertänig vor, dass wir trotz aller

Schwierigkeiten dabei bleiben, was wir schon seit langem herstellen, nämlich feines Tuch aus zugegeben teurer Merinowolle aus Spanien, die einer bestimmten Käuferklasse gefällt. Ihre Faser ist weich und nicht von Schafen aus unserer Gegend, deren Gestank, wie Sie ja selbst wissen, trotz der Prozedur in heißem Wasser und mit Urin kaum völlig verschwindet. Napoleon hatte ja noch rechtzeitig vor seinem Abmarsch in Kornelimünster Merinoschafe angesiedelt. So haben wir sozusagen den Rohstoff direkt vor der Tür. Das spart Zeit und Geld. Auch ein Gemisch aus allen möglichen Fasern in schönen Farben ist uns möglich. Dafür sind wir ja bekannt – und für unsere saubere Arbeit.«

Während Brammertz die Entscheidung seines Verwalters gedanklich einordnete, versuchte dieser die Gelegenheit zu nutzen, auf die Notwendigkeit hinzuweisen, dass das Unternehmen nach wie vor besonders gute Scherer braucht und eigentlich niemanden entbehren kann. Dies gilt auch für die Färber, weil sie einige Anteile der geheimen Verfahren kennen, die mit dem kalkfreien, weichen Wasser des Wurmbaches zusammenhängen. Außerdem sind sie zu Stillschweigen verpflichtet.

Radermann nestelte unruhig an seinen Jackenknöpfen, was aber seinem Arbeitgeber wohl nicht aufgefallen war, denn er fügte schmunzelnd hinzu, dass das Färben der Stoffe in Blau Vorrang habe.

»Er ahnt nichts«, murmelte Radermacher halblaut vor sich hin.

Damit trennten sich die beiden und Radermann machte sich, für den Moment erleichtert, auf den Weg nach Hause.

# 2.

Kathi hatte ihren Cousinen Sarah und Johanna ein Zeichen gegeben, mit ihr zusammen in den Park zu kommen.

»Habt ihr auch keine Lust, noch länger am Tisch zu sitzen? Ich mag nicht mehr das Gerede der Herrschaften mit anhören, was eh nicht interessiert«, hatte sie den Geschwistern zugeflüstert.

Sie war gern mit ihnen zusammen, wenn sich die Verwandten gegenseitig besuchten. Für die Zwölf- und Vierzehnjährigen spielte Kathi die Rolle der größeren Schwester, zumal sie mit ihren blonden Haaren und den ähnlich geschnittenen Gesichtszügen tatsächlich Geschwister hätten sein können. »Du hast eine sehr schöne Brosche an«, bemerkte Sarah, als die drei gemeinsam loszogen.

Das leicht ansteigende, weitläufige Gelände hinter dem Brammertz'schen Anwesen hatte eine hohe Mauer und war von einer dichten Buchenhecke umgeben, die fremde Blicke abhielten. Üppige Büsche und ein alter Baumbestand mit weit ausladenden Ästen gaben dem Ganzen den Eindruck eines verwunschenen Schlossparks. Am Ende, recht weit entfernt vom Wohngebäude, lagen auf der Höhe des Hanges wunderbar blühende Beete mit Blumen und stattlichen Sträuchern. Dorthin hatten sich die drei Mädchen lachend und schwatzend aufgemacht. Kathi war stolz darauf, den beiden ›ihre‹ Beete zeigen zu können, denn sie war es, die dem Gärtner mit Freude bei seiner Arbeit half.

»Könnt ihr euch denken, welche Aufgabe die Blumen und Sträucher – außer dass sie schön sind – noch haben?« Kathi schaute in zwei ratlose Gesichter und musste lachen. »Schon mal was von Indigoblau, Färberdistel, Gelbes Johanniskraut und Rotes Mädchenauge oder Schafgarbe gehört?«

Dabei ging Kathi langsam von Pflanze zu Pflanze und zeigte auf die Blüten. Sie pflückte die eine oder andere und hielt sie den Cousinen hin.

»Jetzt dämmert's mir, meinte Johanna, »die haben was mit dem Färben zu tun.« In Kathis Blick war Anerkennung. »Aus solchen Pflanzen werden die Tuchfarben gemacht. Dazu kommen Beizmittel, die ich euch besser nicht verrate, sonst zieht ihr nie wieder ein Kleid an und würdet lieber nackig durch die Welt laufen. Wie das abläuft, ist das Geheimnis jeder Tuchmacherfamilie. Die Zusammensetzung kennt nur der Unternehmer und der Färber und manchmal auch der Verwalter. Aber keiner weiß vom anderen.«

Die beiden Mädchen schauten sich ungläubig an. »Wenn ich euch jetzt sage«, schob Kathi nach, »dass die Fasern für eure Kleider in heißer … Pisse gewaschen worden sind, damit der Schafsdreck besser abgeht und der Tierschweiß raus ist, dann …«

»Igitt!«, prustete Johanna los.

In diesem Moment erblickte Kathi aus den Augenwinkeln, nur als Schatten, eine Person hinter einem der mächtigen Bäume. Er muss dort gestanden und uns belauscht haben, folgerte Kathi, denn er ist nirgendwo mehr zu sehen. Sie blickte die beiden Mädchen an und hoffte, dass sie ihren Schrecken nicht bemerkt hatten.

Verwirrt redete Kathi weiter: »… dann fragt man sich, warum man nicht stinkt. Eben weil die Wolle nochmal brühheiß gewaschen wird, aber jetzt mit Bachwasser«, beantwortete sie die Frage selbst.

Unauffällig drehte Kathi ein weiteres Mal den Kopf. Ihr Herz schlug bis zum Hals. War es eine Täuschung? Wer sollte den Mädchen nachstellen?

Plötzlich nahm sie eine Bewegung in einem der Büsche neben dem dicken Baum wahr. Es traf sie wie ein Blitzschlag. ›Wir werden doch beobachtet! Wer könnte sich hier rumtreiben? War nicht einer von Vaters Leuten eben an der Unruhe beteiligt? Es war doch zu einer Schlägerei gekommen. Will er sich rächen, weil er erkannt worden war und ist deshalb in unseren Garten eingedrungen? Was hat er vor?‹

Glücklicherweise hatten die beiden Cousinen nur die Schönheit der Pflanzen und deren Bedeutung im Kopf. Sarah wollte wissen, was mit der sauberen Wolle nun passieren würde. Kathi antwortete abgelenkt: »Wenn der riesige Berg aus Wolle gefärbt und endlich trocken ist und die Wollfasern so fein säuberlich gekämmt sind wie unsere Haare nach dem Aufstehen, kann das Spinnen losgehen.«

»Wie das geht, wissen wir von unserer Großmutter, die täglich mit dem Spinnrad arbeitet«, meldete sich Johanna.

»Die Fasern werden dann auf eine Haspel gewickelt. Ich habe auch eine, kann aber nicht besonders gut spinnen«, gab Kathi zu.

Immer wieder blickte sie sich zu dem Busch um. Schließlich fragte Sarah: »Du bist so unruhig? Was ist los? Dauernd drehst du dich um!«

»Ach, nichts!«, erwiderte sie brüsk.

Um sich zu beruhigen und gleichzeitig abzuschätzen, wie sie sich und die beiden Mädchen aus der Gefahr bringen könnte, sprach sie zunächst weiter: »Gottlob hat der Wurmbach kaltes Wasser und ist ohne Kalk. Das braucht ja die Brauerei eures Vaters auch, sonst würde das Bier wie … schmecken.« Dabei ahmte sie Ekel nach, und alle mussten lachen.

Voller Spannung schaute Kathi zum weit entfernten Elternhaus, ob vielleicht eine der Bediensteten in den Park geschickt würde, um die baldige Abfahrt der Cousinen anzukündigen.

Kathi fuhr angestrengt fort: »Mein Vater erzählte, dass Frauen, oft auch Kinder, die ja nicht zur Schule gehen können, Tag für Tag zuhause am Spinnrad sitzen. Sie erledigen das, was der Vertreter des Unternehmers den Leuten in den Dörfern ringsum als Auftrag gibt.«

»Ist der Angestellte streng mit den Webern?«, fragte Sarah dazwischen. Ohne darauf einzugehen, machte Kathi weiter: »Was meint ihr? Wie wird nun aus den gesponnenen Garnen ein Tuch?«

»Ich weiß nur, dass in manchen Häusern Webstühle stehen«, meinte Sarah. Kathi ergänzte: »Lange Fäden werden wie Ketten gespannt, dann das Schiffchen mit dem Garn quergeschossen – und so entsteht allmählich der Stoff.«

»Es stimmt, dass die von dem Unternehmen alles sehr genau nehmen. Jeder kleine Webfehler bedeutet weniger Geld.«

»Müssen die Leute dann hungern?«

Fragen und Antworten überkreuzten sich, und Kathi spürte das Interesse der beiden und an allem, was mit der Tuchherstellung zusammenhing. Nur sie selbst hatte mittlerweile keine Lust mehr, alles zu erklären. Sollten sie doch ihren Vater oder sonst wen fragen, wie die Heimarbeit der Weber abläuft.

Erleichtert drehte sie sich wieder um, denn offensichtlich war der Spuk hinter den Büschen erst einmal vorüber. Niemand war zu sehen. Deshalb wollte sie nun doch noch den Rest der Tuchmacherei erzählen und freute sich, dass sie von ihren Cousinen für ihre Kenntnisse gelobt wurde.

»Also«, fuhr Kathi fort und kam sich vor wie eine Lehrerin, »vom Walken muss ich euch noch erzählen, bevor die starken Männer dem Tuch den Rest geben. Man glaubt es nicht, aber der fertige, schöne Stoff wird so übel behandelt, als hätte er was verbrochen. Nur noch Lumpen scheinen übrig zu bleiben, so wild wird er von den stampfenden Hämmern der Walkmühle bearbeitet, die über ein riesiges Mühlrad angetrieben wird. Das Wasser kommt aus dem kalten Wurmbach. Mit den Holzhämmern oder Quetschen wird der arme Stoff ›verdichtet‹. So sagen die Leute dazu, hat mir Papa erzählt. Dabei werden die Fasern also dicht aneinander gepresst, und der Stoff wird etwas kleiner.«

»Haben die Tuchmacher in den Dörfern denn auch Mühlen?«, fragte Sarah dazwischen. »Nein, die machen das mit Bottichen in Handarbeit.«

»Das muss aber eine Teufelsarbeit sein«, kommentierte Johanna.

»Dann wird das klatschnasse Zeug getrocknet, in Holzrahmen oder sonst wohin gehängt. Und dann kommen die starken Männer auf den Plan: die Scherer.«

»Warum die auch noch?«, wollte Sarah wissen. »Stellt euch vor«, gleichzeitig zupfte sie an ihrem fein gewebten Kleid, »hier und da wären noch Knoten und Fasern im Stoff. Würde eure Mutter so was kaufen?« Die beiden schüttelten den Kopf. »Also müssen die Scherer ran und schnipseln mit riesigen und verdammt schweren Scheren.« Sie ahmte den Arbeitsgang nach und drehte sich dabei zur Seite. Der Schreck ließ sie erneut erstarren. Wieder bewegte sich einer der Büsche, während ansonsten alles ruhig war.

Kathi fing sich schnell wieder. »Die Leute haben in ihrer Lehrzeit viel gelernt. Sie verstehen ihr Handwerk und haben den Mut, ihre Vorstellungen gegenüber dem Fabrikanten notfalls mit Gewalt durchzudrücken. Es geht dabei um die mechanischen Schermaschinen und die neuartigen Webstühle, bei denen scheinbar alles von selbst läuft und die Druckkessel, die den Heimarbeitern, auch den Scherern, den Lohn wegnehmen und sie in die Fabriken zwingen. Geschichten darüber höre ich schon mal am Mittagstisch. Vater meint, dass sie besonders in Monschau und Eupen für Ärger sorgen.«

»Und wie ist es bei euch?«, erkundigte sich Sarah.

»Ich glaube«, murmelte Kathi, »wir haben während des Essens eine Kostprobe davon erhalten. Ich verstehe ja nicht so viel davon. Ich kann nachempfinden, wie es ist, plötzlich in einer großen Tuchfabrik mit vielen anderen zusammen ständig die gleichen Arbeitsabläufe erledigen zu müssen und den Lärm der Maschinen zu ertragen.

Lange Wegstrecken von zuhause erschweren solch ein Leben. Wenn ich schon mal von Radermann, das ist unser Verwalter, im Gespräch mit Vater höre, dass bei diesem oder jenem der Lohn gekürzt werden musste, weil die Arbeit schludrig war oder gar einer rausgeflogen ist und nun ohne Arbeit dasteht und die Familie verzweifelt, dann bin ich auch unendlich traurig. Ich fände es besser, wenn die Leute ihr gesichertes Auskommen haben und nicht ständig damit rechnen müssen, einfach ihre Arbeit zu verlieren.«

»Das sagst du als Tochter eines Unternehmers?«, wunderte sich die ältere der beiden, die offensichtlich bereits eine Vorstellung davon hatte, was Armut und Reichtum bedeutete.

Johanna war beeindruckt. »Unsere Mutter hat erzählt, dass dein Bruder vor Jahren gestorben ist«, fragte sie vorsichtig. »Der hätte doch bestimmt irgendwann die Fabrik übernommen, oder?«

»Gehst du eigentlich noch zur Schule?«, wollte Sarah unvermittelt wissen.

»Ich ging drei Jahre. Seitdem habe ich einen Privatlehrer, der mir das schwere Rechnen beibringt, sinnvolles Lesen, vor allem aber Französisch: Comment vas-tu?, wie geht es dir? Je t'en prie ist: Bitte schön! Und: Vous comprenez? Versteht ihr? J'aime la langue française, ich liebe Französisch und besonders das Lied: Frère Jaques! Frère Jaques:

Frère Jaques
Dormez-vous?
Dormez-vous?
Sonnez les matines
Sonnez les matines
Ding, dang, dong.

Und so weiter!« Kathi hatte die Verse mit Lebhaftigkeit vorgetragen, und die beiden Mädchen waren erstaunt darüber, was ihre Cousine alles wusste.

»Meine Eltern meinten damals«, machte Kathi weiter, »es wäre nichts für mich, mit den Kindern einfacher Leute zusammen unterrichtet zu werden. Ich würde nichts lernen. Dabei hat es mir gefallen, mit ihnen zusammen zu sein. Meine Eltern erreichten, dass ich die Elementarschule verließ. Seitdem erscheint jeden Tag dieser strenge, doofe Mann, der es wahrscheinlich am Gymnasium nicht ausgehalten hat. Es ist so unendlich langweilig!«

Zunächst von den Mädchen unbemerkt, waren dunkle Gewitterwolken aufgezogen. Plötzlich wirbelte ein scharfer Wind Äste durch die Luft. Von fern war Donner zu hören, und es dauerte sicherlich nur noch wenige Augenblicke, bis heftiger Gewitterregen einsetzen würde.

Noch immer schien sich niemand um die Mädchen zu sorgen, denn nach wie vor kam über die große Entfernung vom Wohngebäude her kein Ruf, und es wurde auch kein Hausangestellter geschickt. Kathi hätte ihn herbeigesehnt.

So musste ein Plan her: Da ein Entkommen durch die dichte Buchenhecke und die hohe Mauer unmöglich war, konnten sie nur rennen!

»Kommt, wir müssen rein. Lasst uns rennen. Auf geht's! Mal sehen, wer als Erste die Strecke schafft, ohne zwischen Äste und Bäume zu geraten und das Kleid zu zerreißen!«

Die überraschten Mädchen schauten Kathi ungläubig an. Dann zogen sie ihre Schuhe aus, nahmen sie in die Hand und rannten kreischend den Hang hinunter. Völlig außer Atem kamen sie am Wohnhaus an.

Kathi hatte sich anschließend unter dem fröhlichen Geplapper der Cousinen von ihnen verabschiedet. Ihre Eltern saßen bereits in der Kutsche und warteten auf sie.

Die übrigen Gäste waren schon vor längerer Zeit abgereist. Sie hatten der Pianistin weiterhin Freude am Musizieren ausrichten lassen und waren, bedingt durch das üppige Festmahl, behäbig in ihre Kutschen gestiegen.

Manche Dame hatte sich dabei gern von Elisabeth helfen lassen.

Nachdenklich ging Kathi ins Speisezimmer. Die abgedeckte Tafel schmückte wieder ein riesiges Blumengebinde, das auf dem wertvollen Holz der Tischplatte sehr edel wirkte.

Es war still geworden im Haus und eine unbestimmte Traurigkeit hatte sie ergriffen.

# 3.

Leise hatte Kathi ihre Zimmertür geschlossen. Sie holte das Tagebuch aus dem Versteck und legte sich damit aufs Bett.

Sie wollte die Ereignisse im Kopf ordnen, bevor sie ihre Gedanken zu Papier bringen würde.

Kathi war sich sicher, dass kaum ein Tag ihres Lebens so aufregend gewesen war wie die wenigen Stunden seit der Unruhe auf der Straße und der Begegnung mit dem geheimnisvollen Herumtreiber im Park.

Sie versuchte, allmählich recht müde geworden, die dunklen Stunden vor ihrem inneren Auge zu vertreiben.

Das Zusammentreffen mit den beiden Cousinen hatte ihr viel Freude bereitet. So kindlich sie auch noch waren, hatten sie doch kluge Fragen gestellt. Diese Gedanken waren ihr bereits selbst schon oft gekommen. Kathi konnte ihnen von den Vorstellungen einer Unternehmensführung erzählen, wie sie sie umsetzen würde: Familien sollten in Sicherheit vor willkürlicher Kündigung leben und müssten bei Unfällen oder Erkrankung unterstützt werden. Kinderarbeit würde sie nicht dulden, und jeder sollte zur Schule gehen können, nicht nur in die Sonntagsschule.

Die beiden hatten ganz schön gestaunt, als Katharina ihnen erzählte, zu welchen Bedingungen sie eine Fabrik leiten würde. Claudius war ja vor vielen Jahren an Typhus gestorben. Bestimmt wäre er der Unternehmer und Nachfolger geworden. Vielleicht hätte sie bis dahin auch gar keine Lust mehr dazu. Außerdem: Sie war eine Frau!

Während dieser Gedanken schlief sie ein.

Es war eine gewisse Zeit vergangen, als Kathi aus ihrem Schlummer erwachte. Sie begann zu frösteln.

Im Haus herrschte nach wie vor Mittagsruhe.

›Jetzt muss ich endlich mal mein schönes blaues Kleid mit Omas wertvoller Brosche ausziehen‹, überlegte sie.

Sie stand vor dem Spiegel, um das Erbstück abzunehmen. Als sie danach greifen wollte, stellte sie mit schreckgeweiteten Augen fest, dass es weg war.

Zitternd sank sie auf ihr Bett. ›Ob ich sie bei der Verabschiedung der Cousinen verloren habe, oder beim Rennen den Hang hinunter?‹, fragte sie sich.

Ihre Gedanken darüber, was nun zu tun sei, drehten sich in ihrem Kopf wie ein Karussell. Kathi sprang auf und lief den langen Korridor bis zur Gartentür.

Nichts!

Inzwischen hatte sich das Gewitter über Burtscheid zusammengezogen. Blitz und Donner folgten unmittelbar aufeinander. Gleichzeitig war eine Regenwand herangekommen, und es schüttete wie aus Eimern.

Ohne gesehen zu werden, kehrte sie in ihr Zimmer zurück. Plötzlich setzte sich ein Verdacht in ihr fest: Was ist, wenn der Geheimnisvolle im Garten womöglich die Brosche gefunden hat? Ob es der Scherer ist, von dem am Tisch die Rede war und Hein Kessel heißen soll?

Während sie sich einen Umhang überzog und ein Kopftuch umband, kamen ihr die Gesprächsfetzen beim Essen ins Gedächtnis: Aufrührer – besonders guter Scherer – angestellt in der Tuchfabrik – soll sich um die Geschwister und den Vater gekümmert haben, nachdem die Mutter gestorben war – beteiligt sich am Aufstand gegen den Einsatz neuer Maschinen.

Schnell war Kathi am Tor zum Park. ›Hatte der Gärtner etwa vergessen, die Außentür abzuschließen?‹, fragte sie sich verzweifelt. Niemand kam sonst durch die beiden Flügel des Gebäudes. Dafür hat nur der Verwalter den Schlüssel, denn dort im Keller lagern Materialien für die Färber und andere gefährliche Gifte.

Kathi trat hinaus in die vom Gewitter verfinsterte Gartenlandschaft. Regen klatschte ihr ins Gesicht, und im Nu war sie vollständig durchnässt. Sie musste die Brosche auf Teufel komm raus wiederbekommen! Verzweifelt suchend ging sie den Weg ab, den Blick ausschließlich auf den allmählich zu Matsch gewordenen Rasen gerichtet.

Dabei bemerkte sie zunächst nicht, wie ein tiefhängender Ast zur Seite geschoben wurde und sich ein junger Mann mit blonden, wirren Haaren vor ihr aufbaute. Er trug einen dunkel gefärbten Kittel und eine derb gewebte Hose. Sein Gesicht war regennass und kaum zu erkennen. So konnte sie seinem Blick nicht entnehmen, was er vorhatte.

Ihr Herz schlug bis zum Hals. Eiskalte Angst mahnte Kathi umzukehren.

Doch schon hörte sie ihn sagen: »Ich wusste, dass du kommst. Ich hab nämlich was für dich. Lauf besser nicht weg!«

Dabei trat er aus dem Halbdunkel heraus, und nun konnte sie seine stechend blauen Augen sehen, den Mund zu einem Grinsen verzogen.

Er ist jung, sagte sie sich. Wahrscheinlich ist er nur wenige Jahre älter als ich, aber groß und kräftig.

»Wer bist du und was suchst du auf unserem Gelände?« Kathi wollte selbstbewusst wirken, indem sie ihn nahezu anbrüllte und so ihre Angst zu überspielen versuchte.

»Du wirst von mir gehört haben!«, erwiderte er.

»Wenn du Hein Kessel bist, dann liegst du richtig. Und was hast du angeblich für mich?«, fragte Kathi nach und hoffte, dass es sich um die Brosche handelte.

»Schau!« Damit ließ er das wertvolle Schmuckstück auf dem Rücken seiner kräftigen Hand kreisen. »Sie macht sich gut an der Brust eines so hübschen Mädchens. An deiner Stelle wäre ich todtraurig über den Verlust. Du kannst das gute Stück wiederhaben, wenn du mir etwas entgegenkommst.«

Sein überlegenes Grinsen versetzte Kathi in Wut, Verzweiflung und Ohnmacht.

»Du wirst bald spüren, dass dein Verhalten Folgen haben wird!«

»Siehste«, unterbrach er sie süffisant, »genau dafür brauch ich dich. Leg ein gutes Wort bei deinem Vater für mich ein. Die Prügelei eben wird er nicht so leicht verdauen. Du bekommst die Brosche wieder, wenn du dich mit mir triffst und dabei mach ich dir vor, wie man mit der riesigen Tuchschere jede kleinste Unebenheit im Stoff, schnipp – schnapp, wegmacht. Bei so was darf man nich an hübsche Mädchen denken. Es wird sonst teuer!« Er lachte teuflisch.

Kathi spürte, wie seine Worte noch mehr Abneigung in ihr verursachten. Gleichzeitig fühlte sich seine Überlegenheit aufregend an und löste etwas in ihr aus, was sie so noch nicht kannte.

»Wenn ich meinem Vater berichte, dass du mich mit der Brosche erpresst und du dich dazu auch noch mit mir verabreden willst, bist du endgültig reif!«

»Zum Rauswurf!?«, fragte er hämisch nach.

»So ist es! Und nun gib die Brosche raus! Das ist deine letzte Chance.«

In diesem Moment schlug zischend der Blitz, begleitet vom Höllenlärm eines Donnerschlages, in die Spitze einer nahestehenden Buche ein. Der Regen prasselte unaufhörlich auf die beiden herunter. Die bislang hoch gesteckten Haare klebten Kathi im Gesicht, und Umhang und Kleid hafteten wie eine zweite Haut an ihr. Trotz der Schwüle des Spätnachmittags begann sie zu frösteln.

Noch nie hatte sie sich so elend und verlassen gefühlt, nicht einmal, als sie damals Claudius zu Grabe getragen hatten. Sie war an der Hand ihrer Mutter gegangen und erinnert sich noch an deren stille Tränen und an das wie in Stein geschlagene starre Gesicht des Vaters, als der Sarg, von der herabfallenden Erde getroffen, einen hohlen Laut aus der Tiefe erzeugte. Hatte sich der tote Bruder gegen sein endgültiges Schicksal auflehnen wollen?

›Was hindert mich daran, den Kerl zu melden?‹, fragte sie sich im Stillen. Es wäre ein Leichtes, ihn durch Vater zur Herausgabe der Brosche zu zwingen oder wegen Unterschlagung bei der preußischen Polizei anzuzeigen. Fürchtete sie seine Rache oder die Gefahr für das Unternehmen? Vielleicht wollte sie es ja auch gar nicht. Oder spielte etwas ganz anderes mit?

Plötzlich hörte sie von irgendwoher ihren Namen rufen und vergaß für einen Moment die Brosche.

# 4.

Es klopfte an der Tür zu Brammertz' Bureau.

Kurz zuvor war sein Verwalter eingetreten und hatte sich im Vorhinein erkundigen wollen, wie sein Arbeitgeber über Kessels Verbleib im Unternehmen zu entscheiden dachte.

Radermanns Schlaf war unruhig gewesen. Im Traum hatte er Hein Kessel an der Gurgel gepackt und so lange gewürgt, bis ihm die Augen aus dem Gesicht quollen und er nur noch röchelnd nach Luft schnappte. Dafür hatte man ihn zum Tode verurteilt. Der Richter war Hein Kessel selbst gewesen! Lachend hatte der Streuner, Aufwiegler und Großmaul unter dem Schafott gestanden und auf den abgeschlagenen Kopf gewartet.

Schweißgebadet war Radermann neben seiner Frau aufgewacht und stand noch nach Stunden unter dem Eindruck des Traumes.

Brammertz bot ihm einen Stuhl an.

Nun ging es um Kessels Kopf! Der Unternehmer schien sich entschieden zu haben. Damit war auch sein – Radermanns – Schicksal festgeklopft, sollte es ihm nicht gelingen, Brammertz umzustimmen.

Als Kessel eintrat, verstummte das begonnene Gespräch zwischen den beiden. Der Unternehmer hatte sich hinter seinen breiten, aus wertvollem Holz gezimmerten Schreibtisch gesetzt, und daneben stand Radermann wie ein Wachsoldat in einem langen Arbeitsmantel und derben Schuhen.

»Du weißt, warum wir dich herbestellt haben?« Hein hatte sich grußlos vor den beiden Männern aufgebaut. Breitbeinig und mit verschränkten Armen stand er in trotziger Haltung vor ihnen.

»Kann sein, dass es wegen gestern war?«, erwiderte Hein mit leiser Stimme.

»Was hast du uns dazu zu sagen?«, wollte sein Gegenüber in ruhigem Ton wissen.

Kessel stierte vor sich auf den Boden. Radermann wagte keinen Blickkontakt mit ihm. Die Spannung war kaum zu ertragen. Jeden Moment konnte Kessel, ohne die Frage seines Arbeitgebers zu beantworten, auf Radermann zeigen und die Bombe hochgehen lassen: Unternehmensgeheimnisse – Erpressung – Verrat – Geldzahlungen!

Damit konnte Kessel versuchen, seinen Hals erfolgreich aus der Schlinge zu ziehen. Denn was machte es ihm aus, Radermann dabei über die Klinge springen zu lassen?

Der Verwalter spürte, wie die Angst bis zum Genick hochzog. Schweiß stand ihm auf der Stirn. Seine Hände waren feucht. Er glaubte, sich übergeben zu müssen.

Plötzlich spürte er genug Kraft in sich, alles auf eine Karte zu setzen: ›Ich muss Brammertz umstimmen, hier und jetzt, und das im Beisein von Kessel! Ich werde in Kauf nehmen müssen, in der Gunst meines Unternehmers weit nach unten zu rutschen, wenn ich ein weiteres Mal für Kessel Partei ergreife.‹

Radermanns Herz jagte, als er zum Sprechen ansetzte und damit Brammertz' Frage überging. »Hein, du solltest zu dem stehen, was gestern passiert ist und wie du dich bereits vorher verhalten hast. Wir werden Gnade vor Recht ergehen lassen können, wenn du einsichtig bist. Nenne deine Beweggründe, die uns die Schwierigkeiten bereiten.«

Damit drehte er sich seitwärts zu Brammertz, um dessen Gesichtsausdruck zu studieren.

Hein starrte trotzig weiter auf den Boden und sagte kein Wort. Sein Arbeitgeber tat, als würde er sich nichts anmerken lassen.

Plötzlich schien Brammertz der Geduldsfaden zu reißen. Er schlug mit der Faust so fest auf den Tisch, dass das Tintenfass gefährlich wackelte, beugte sich nach vorn und brüllte: »Mensch, Kessel, der Verwalter baut dir eine Brükke und du bleibst stumm. Bist du dir nicht im Klaren, dass du dich auf Glatteis befindest?« Vor Wut hatte er einen roten Kopf bekommen.

Nun schien sich in Hein etwas zu rühren. Zuerst schaute er Brammertz an, dann wandte er den Kopf zu Radermann. Gegenüber beiden zeigten seine Augen Verachtung und Ablehnung.

»Ich hasse … alles, was mit der … Tuchmacherei in der … Fabrik zu tun hat«, stotterte er, »weil die Leute an den Handwebstühlen, die Färber, die Walker mit den Bottichen und wir Scherer unser Handwerk gut verstehen. Ich gebe zu, dass die Vertreter uns das Leben oft schwer gemacht haben. Sie hatten fast immer am Stoff was zu mäkeln und dann gab's weniger Geld.«

Die beiden Männer hörten aufmerksam zu. Brammertz wollte mehr wissen über Kessels Denkweise. Radermann dagegen saß wie auf heißen Kohlen und wartete sehnlichst auf das Ende des Gesprächs, um das Bureau wieder verlassen zu können.

»Den Stoff haben wir hergestellt«, machte Hein weiter. »Jetzt sind wir Arbeiter in einer Fabrik. Proletarier, oder so ähnlich, wie uns die Preußen nennen. Das bearbeitete Tuch ist nicht mehr unser Tuch und selbst ich als Scherer kann nur noch in einer Kolonne mit anderen arbeiten. Es geht nur darum schnell abzuliefern. Wir haben unseren Stolz verloren, wenn ihr wisst, was ich meine. Wir machen gute Arbeit. Trotzdem müssen viele im Elend leben.«

Der junge Bursche schien sich in Rage zu reden. Es sprudelte aus ihm heraus, und seine Stimme wurde lauter: »Von den mickrigen Löhnen kann kaum eine Familie ernährt werden. Und außerdem müssen die Arbeiter im Morgengrauen und bei Wind und Wetter zur Fabrik aufbrechen und kommen oft erst spätabends wieder nach Hause in ihre Dörfer.«

»Du aber nicht!«, kam es ungehalten von Brammertz. »Du hast offensichtlich genug Zeit herumzustreunen und Front gegen deinen Arbeitgeber zu machen, sogar in der

Arbeitszeit, in der du deiner Pflicht als Scherer nachkommen solltest und dafür bezahlt wirst!«

Hein nahm die Anschuldigungen hin, als hätte er nichts damit zu tun.

Wieder entstand eine Pause, in der man jeden Atemzug vernehmen konnte.

»Und keiner kriegt Geld, wenn er bei der Arbeit verunglückt. So wie neulich, als ein Kessel explodiert war und die rumfliegenden Metallteile ausgerechnet den Wilhelm Meuten getroffen hatten. Er hat zuhause Frau und ein paar Kinder sitzen. Jetzt ist er ein Krüppel. Und manchem wird aus allen möglichen Gründen einfach so gekündigt. Ist das christlich?«, schob er zur Bekräftigung nach.

»Sieh mal einer an!«, kam es ironisch aus der Richtung des Schreibtisches, »hier haben wir offensichtlich einen Heiligen, der sich für seine Mitmenschen einsetzt.«

Brammertz überlegte einen Moment, ehe er in einem erstaunlich ruhigen Ton fortfuhr: »Wie stellst du dir Hilfe denn vor? Du Schlaukopf. Meinst du, das Geld liegt für uns auf der Straße? Auch wir müssen es hart erarbeiten, bevor wir es an die Arbeiter auszahlen.«

Für diese Äußerung erntete Brammertz ein abschätziges Grinsen.

Radermann blickte unsicher zu seinem Gegenüber. Wie würde er weitermachen? Schließlich war das, was Kessel sagte, berechtigt. Der Unfall, den Wilhelm Meuten in einer anderen Tuchfabrik erlitten hatte, war nur ein Beispiel für vieles, was aus Unkenntnis und vielleicht auch aus Rache für die miserablen Zustände geschehen konnte. Und diesmal hatte es leider einen Unschuldigen getroffen.

Die Spannung im Kontor war mit Händen zu fassen. Hein Kessels Schicksal lag jetzt in der Hand der beiden Männer.

›Vom Verwalter habe ich wenig zu befürchten!‹, schätzte er seine Lage kalt berechnend ein. ›Schließlich geht es auch um seinen Kopf!‹

Nachdem ein Wutausbruch von Brammertz unterblieben war, folgerte er, dass man seine Argumente beachten wollte, denn er wäre ansonsten bereits im hohen Bogen rausgeflogen oder man hätte ihn überhaupt nicht angehört.

Brammertz richtete sich hinter dem gewaltigen Schreibtisch auf und wirkte wie ein Richter, der dem Angeklagten die Gelegenheit zur Umkehr gibt, und schaute dabei ständig zwischen Kessel und Radermann hin und her. Das Gespräch endete damit, dass er den Scherer mit den Worten »Für heute kannst du erst mal gehen« entließ. Wurde ihm eben gekündigt?

Kaum war Kessel draußen, blickten sich die beiden Männer wortlos an.

»Wir werden sehen!«, meinte Radermann schließlich und verließ erleichtert den Raum.

Als Hein grußlos zur Tür gegangen und in den Flur getreten war, hatte er für einen Moment einen flüchtenden Schatten die Treppe hinauf hetzen und am Absatz verharren gesehen. Hein tat, als habe er nichts bemerkt und war ohne sich umzuschauen aus dem Haus gegangen.

Er wusste nicht, wohin. Auf der Straße war niemand zu sehen, denn es war Wochentag und alle Leute arbeiteten. Er versteckte sich wie ein Tier hinter einer Baumgruppe, um nachzudenken. Zu tun hatte er ja nichts.

Er geriet ins Grübeln: Viele Arbeitslose suchen Wege aus der Not und hauen irgendwohin ab – das würde er auch am liebsten tun. Wer sein Handwerk versteht und Mumm hat, dem steht die Welt offen! … Aber da war ja noch sein Vater. Ihn musste er unterstützen und durfte ihn nicht allein lassen. Trudel hatte Arbeit auf dem Branderhof gefunden, aber schlecht bezahlt. Und Leni war ja selber noch sehr jung, schaffte es kaum allein, ihn zu versorgen. Also war er bisher hiergeblieben.

In Hein machte sich Selbstmitleid breit. Das störte ihn allerdings, denn Gefühlsregungen solcher Art passten nach seiner Ansicht nicht zu ihm.

Er stand auf und wandte sich seinem Elternhaus zu. Er wusste, dass es wieder einmal ein Tag ohne Lohn war.

Hein hatte seinen Traumberuf einige Zeit lang zur Zufriedenheit in der Werkstatt seines Meisters Johann ausgeübt. Über ein Jahr lang war es gut gegangen. Die Aufträge hatten zwar ein geringes, aber regelmäßiges Einkommen gesichert. Damit konnte er sogar seinen Vater notdürftig unterstützen.

Bis alles zusammenbrach!

Johann hatte sich trotz Heins Bedenken dazu entschlossen, die Werkstatt zu schließen und als Scherer in die Fabrik zu gehen. Jeder konnte sich neuerdings Scherer nennen und eine eigene Werkstatt eröffnen. Daher war die Konkurrenz zu groß geworden. Eine Zunftordnung wie in Aachen, die auf die Einhaltung bestimmter Vorschriften oder das Tragen des Meistertitels geachtet hätte, gab es nicht.

Damit war für Hein die Welt aus den Fugen geraten, und er ging den Weg, der ihn zum Rebellen und Außenseiter machte.

Zwangsweise hatte er in einer der verhassten Tuchfabriken in Vaals zu arbeiten begonnen und sich dafür selbst verachtet.

Immer öfter saß Hein danach nicht nur müde von der Arbeit am Küchentisch. Er trank zu viel und begann dem Vater gegenüber Ideen zu äußern, die dessen Vorstellung von Treue zu seinem Arbeitgeber widersprachen. Immer öfter hatten sie sich in die Haare gekriegt, wenn es um ihre verschiedenen Auffassungen ging, die Hein von Mal zu Mal verbissener verteidigte.

Er schwänzte zunehmend die Arbeit, kam spät oder gar nicht nach Hause und trieb sich lieber mit Gleichgesinnten herum. Der Webmeister musste ein besonderes Auge auf ihn haben, um die anstehenden Produkte als Scherer pünktlich abzuliefern.

Als er weiter unregelmäßig oder gar nicht zur Arbeit erschien, wurde er ermahnt und mit Lohnkürzungen bestraft, aber man hielt an ihm fest – zunächst.

Hein mischte sich zunehmend unter die unzufriedenen Tuchmacher, die nicht gewillt waren, unrechtmäßige Entlassungen und Lohnkürzungen hinzunehmen.

Schließlich kam es, wie vorauszusehen war: Hein wurde, nachdem ihn der Webmeister nicht mehr schützen konnte, von seinem Unternehmer gekündigt.

Sein lautstarkes Eintreten für entlassene Arbeiter sowie das aufrührerische Verhalten und die Verbreitung liberaler Gedanken genügte dem Unternehmer, Hein Kessel los zu werden.

Brammertz und sein Verwalter standen nun vor dem ähnlichen Problem – oder war es diesmal anders?

# 5.

Am Tag nach dem großen Fest und den damit verbundenen Vorgängen, hatte an der Mittagstafel der Familie Brammertz schlechte Stimmung geherrscht. Der Hausherr hatte das Tischgebet heruntergeleiert und nur ein »Guten Appetit« gebrummelt. Von Henriette war kein anerkennendes Wort an die Küche gekommen, und Kathi saß schweigend dabei und löffelte ihre Suppe. Sie wäre lieber aufgestanden, denn sie fühlte sich gegenüber den Eltern unwohl. Es waren Dinge passiert, die ihr bisheriges Leben gehörig durcheinandergebracht hatten. Und die wertvolle, mit Edelsteinen besetzte Brosche war noch in fremden Händen. Wenn Mutter bloß nicht nachfragt!

Während das Geschirr abgeräumt wurde und man den nächsten Gang erwartete, konnte Katharina ihre Neugier kaum im Zaum halten. Sie wollte unbedingt erfahren, wie das Gespräch ausgegangen war, über das ihr Vater beim Frühstück Andeutungen gemacht hatte.

Ständig geisterte dieser Hein in ihrem Kopf herum.

»Sag, Vater«, fragte sie wie nebenbei, »wie ist die Sache von gestern ausgegangen, und was habt ihr mit ... wie heißt er noch? Ach, ja, Kessel, gemacht?«

Brammertz schaute seine Tochter fragend und recht finster an.

»Woher weißt du, wie dieser Querulant heißt?«

»Sein Name fiel an der Festtafel«, antwortete sie kleinlaut und sah ihren Vater dabei auffordernd an, wobei sie merkte, dass ihre Ohren unangenehm warm wurden.

»Nun, wir, das heißt Radermann, hat für ihn gesprochen, was mich letztlich davon abhielt, den Kessel rauszuschmeißen. Bist du nun zufrieden?«, wollte er von ihr wissen. »Obwohl er ein erstklassiger Scherer ist, müssen Strafen sein«, fügte er hinzu. »Sein Lohn wird daher für einige Zeit geringer ausfallen.« Und mehr zu sich als zu den beiden Frauen am Tisch murmelte Brammertz: »Es verwundert mich, wie viel Radermann an diesem Rebell liegt.«

Henriette schaute Katharina vielsagend an. Das mit der Neugier wird sich hoffentlich geben, dachte sie und ermahnte ihre Tochter, das Klavierüben und die französische Grammatik nicht zu vernachlässigen. Auch sollte sie die angefangene Stickerei zu Ende zu bringen, weil Tante Gerdas Geburtstag anstand. »Ja, Mutter, ich werde es tun«, meinte Kathi kleinlaut und stand entgegen der sonstigen Gepflogenheit am Tisch einfach auf. »Ich gehe in mein Zimmer. Mir ist nicht gut.«

Sie legte sich aufs Bett, nachdem sie den Schlüssel zusammen mit ihrem Tagebuch aus dem Versteck im Kämmerchen geholt hatte und eine neue Seite aufschlug:

*Donnerstag, 14. Juni*

*Ich muss jetzt unbedingt schreiben. Jetzt muss es wieder sein, weil ich mich elend fühle und ich es nur dir, mein Tagebuch, anvertrauen kann:*

*Mutters mahnende Worte und Vaters Gehabe werden mir immer lästiger.*

*Ich will ich nicht nur auf der Welt sein, um schöne Decken zu sticken. Auch will nicht nur auf dem Klavier zum Entzücken irgendwelcher Gäste herumklimpern.*

*Und ich will nicht dauernd lächeln müssen.*

*Vaters Vorhaben, mich ungefragt an Stelle von Claudius irgendwann die Nachfolge antreten zu lassen, macht mir Angst: Mehr Gewinn und die Vorstellung, mich um das Wohlergehen der Arbeiter kümmern zu müssen, würde mich aufreiben. Ich könnte das alles nicht!!! (Ich mache drei Ausrufezeichen!)*

*Und was ganz wichtig ist: Ein junger Bursche bereitet mir viel Ärger und sonst noch was. Hein heißt er. Alle nennen ihn Rebell und Aufwiegler, auch Vater tut es. So, wie er sich benimmt, scheint es aber zu stimmen!*

*Er hat Omas wertvolle Brosche gefunden und will mich erpressen. Dafür hasse ich ihn. Aber er zieht mich irgendwie an. So was kannte ich bis jetzt nicht.*

*Hoffentlich geht's mir bald wieder besser. Vor allem wegen der Brosche. Ich werde das selber durchstehen und bin kein kleines Kind mehr, das sich an Mutters Schürzenzipfel hängt!*

*Das wär's für diesmal.*

# 6.

Hein Kessels gebrechlicher Vater Will hatte sich auf der Bank vor seinem kleinen Anwesen an der Bendgasse in Burtscheid schwerfällig niedergelassen. Ständig musste er über die zunehmende Schwäche klagen, die ihn von Tag zu Tag mehr belastete. Da war die warme, sonnenbeschienene Blausteinwand hinter seinem Rücken wie der Wärmestein, den er sich oft mit ins Bett nahm und dort seine verstorbene Alma ersetzen musste.

Wärme und Geborgenheit waren in seinem langen Leben rar geworden. Hein und Leni, die jüngste der drei Geschwister, lebten bei ihrem Vater. Hein gab Will in der schwierigen Zeit Halt und war gleichzeitig der Nagel zu seinem Sarg. So empfand er es jedenfalls.

Hinzu kam, dass die Region bis vor kurzem unter widrigen Wetterverhältnissen leiden musste. Auch das hatte sich auf das Leben aller ausgewirkt. Irgendwo auf der Welt, in Asien, hatte ein Vulkan gespuckt. Unendliche Mengen Regen, vermischt mit Asche, waren zur Frühjahrszeit wochenlang über den Feldern niedergegangen und hatten der vernebelten Sonne keine Gelegenheit gegeben, den Boden zu erwärmen. In den Gärten und auf den kargen Äckern gab es nur Trostlosigkeit und Unfruchtbarkeit. Die Menschen hatten gefroren und waren hungrig geblieben. Einzig die Vorsorge durch seine Alma hatte die große Familie mit ein paar Hühnern und Ziegen vor dem Schlimmsten bewahrt.

Schließlich war es überstanden. In dem kleinen Gemüsegarten, der sich ein Stück am Hang hinunterzog, war alles angebaut, was die Familie brauchte, und Alma hatte die Beete stets sorgsam vor den aufdringlichen Tauben, Elstern und den vorwitzigen Spatzen behütet.

Von seinem Lieblingsplatz aus genoss Will einen weiten Blick auf die Burtscheider Gebäude und hinüber zum

Michaelsberg mit der ehemaligen Benediktinerabtei und dem herrlich grünen Baumbestand des Klosters, dessen Blätterdach beeindruckend war.

Den Klosterbereich zu betreten war Will immer wie der Schritt ins Paradies oder zu einem anderen heiligen Ort erschienen, selbst jetzt, da Napoleon daraus ein Gelände für ganz andere Zwecke gemacht hatte. Deshalb kam er mit seiner Familie nur sehr selten dorthin.

St. Johann Baptist nebenan erzeugte bei ihm stets den Vergleich zum Aachener Dom. ›Unsere Kirche kann sich mit ihrer gewaltigen Kuppel durchaus neben dem berühmten Gotteshaus sehen lassen‹, war seine Überzeugung, und er war stolz darauf, dass in seinem kleinen Burtscheid eine solch gewaltige Kirche stand in der alles gesegnet wurde: vom Säugling, über Brautpaare bis hin zu den Verstorbenen. Woher das Geld für den Prachtbau einst gekommen war, wollte er besser nicht wissen! Denen man es aus der Tasche gezogen hatte, war bestimmt ein schöner Platz im Himmel versprochen worden!

Schwer atmend erhob er sich. Will brauchte etwas, das ihn von seinen Gedanken um die Verstorbene und den aus der Spur geratenen Sohn ablenkte. Er fand aber keine Ruhe. Selbst nicht durch die schönen Erinnerungen aus Heins Kinderzeit, als der Blondschopf, auf dem Schoß der Mutter sitzend, half, die Spindeln durch die Ketten zu schießen oder Wollfäden aus der Wollkämmmaschine herauszudrehen. Daran hatte er immer viel Spaß.

Als er älter war, hatte er geholfen, seiner Mutter die Arbeit am Webstuhl zu erleichtern. Es war dem Jungen immer wichtig gewesen, dass es ihr gut ging. Zu ihr hatte er guten Zugang, weil sie ihm mehr durchgehen ließ, als der weit strengere Vater. Hein dankte es durch Aufmerksamkeit und einer kindlichen Fürsorge ihr gegenüber, die sie berührt hatte.

Will stand auf, um am Fass etwas Wasser für die Vogeltränke zu schöpfen. Als er sich darüber beugte, glaubte er, in seinem Spiegelbild Heins Gesicht zu erkennen. Erschrocken zuckte er zurück und war erleichtert, als der Wind die Oberfläche kräuselte.

Der karge Raum hinter ihm mit den beiden kleinen Fenstern und der tief herunterhängenden Decke war zu Zeiten, als die Eltern und die drei Kinder noch unter einem Dach lebten, gleichzeitig Wohn- und Arbeitsraum. Er war vollgestopft mit den beiden Spinnrädern und dem riesigen Handwebstuhl, der das Zimmer nahezu ausfüllte und kaum Platz mehr zum Durchatmen ließ. Hart an die Wand gerückt, hatte unter einem mit Buchsbaum geschmückten Kruzifix der mächtige Tisch gestanden, an dem die Familie zu den einfachen Mahlzeiten saß.

Der alte Mann erinnerte sich an die oft kaum zu ertragende Enge, in der jeder seinen Platz zu finden versuchte. Katzen strichen vorsichtig durchs Haus und brachten manche Beute mit. Hatte sich ein Huhn durch die Haustür getraut und war im Wohnraum erschienen, wurde es eilig vor die Tür gesetzt. Hierfür war Leni, die Jüngste der Geschwister zuständig. Mit beherztem Griff hielt sie das Tier fest am Hals und trug es nach draußen, wo es im hohen Bogen in den Garten entlassen wurde, nicht ohne guten Flug zu wünschen.

Der Tagesverlauf hatte stets früh am Morgen begonnen. Kaum war die Sonne aufgegangen und damit erstes Licht in den halbdunklen, nach Öl und Wollschweiß riechenden Raum gedrungen, saß Alma bereits am Spinnrad, obwohl sie manche Nacht am Bett eines der Kinder gewacht hatte, wenn sein fiebriger Körper erhitzt war und feuchte Lappen die Stirn kühlen mussten.

»Ich muss erst mal wieder krempeln, die feine Wolle ist alle«, hatte sie gemeint, wenn sie sich dran gab, mittels feiner Haken aus Metall die Wollflocken wie das Haar einer

Frau sorgsam zu feinen Fäden zu bürsten, zu kämmen und zu fetten. Das half beim zügigeren und leichteren Spinnen. Anschließend wurden die Fäden zwischen den senkrecht verlaufenden Ketten gespannt und weiter verarbeitet.

Hein war für die Einrichtung der Ketten verantwortlich. Gleichzeitig sprang er für den ermüdeten Vater ein, wenn sich Alma um die Geschwister kümmerte. Die ältere der beiden Schwestern saß oft schon zu früher Stunde am zweiten Spinnrad, wenn Mutter nicht nachkam.

Will erinnerte sich, wie er Tag für Tag gewebt hatte, stundenlang, mit großer Konzentration und gleichzeitig der Gewissheit, dass der Ausfall eines der beteiligten Familienmitglieder einer Katastrophe gleichkommen würde.

Ursprünglich hatten die Weber in den Eifeldörfern, in Eupen, Monschau, Verviers und Aachen Wolle von den einheimischen Schafen verarbeitet. Sie war grob und taugte nur für raue Tuche. Durch die Behandlung in der Walkmühle oder in eigenen Bottichen sowie das Aufrauen mit Distelkarden, wurden die groben Faserbüschel in besonderer Weise für das Scheren vorbereitet.

Will sah noch nach vielen Jahren die verschlafenen Kinder am karg gedeckten Tisch sitzen und auch, wie das Morgengebet zur lästigen Pflicht geworden war.

Alma hatte abwägen müssen, wie ihr eigenes, ständig zunehmendes Unwohlsein und die Notwendigkeit, das Tagwerk zu erledigen, zusammenpassten. Keiner hatte es ihr abnehmen können. Will war auch deswegen stolz auf sie und nannte sie liebevoll »mein Rüschenmamsellchen«, was sie gern hörte.

Ihre fortschreitenden Rückenschmerzen belasteten die Familie zusehends. Hinzu kam die Atemnot, hervorgerufen vom Wollstaub, dessen Wirkung durch das Waschen der Schafwolle mit menschlichem Urin in heißem Wasser nur ein wenig gemildert werden konnte. Über die Jahre hinweg hatte der Umgang mit dem Wollstaub und das Spinnen der Fäden am Spinnrad Spuren an ihren Haaren hinterlassen. Sie waren grau geworden, und der Staub hatte den Augen zugesetzt. Jene blauen Augen, in die sich Will einst verliebt hatte.

Der weitere Tagesablauf richtete sich nach dem Feuer an der Kochstelle, dem einzigen Ort des Hauses, an dem man sich in den bitterkalten Wintermonaten etwas Wärme holen konnte und das nie ausgehen durfte. Die unbarmherzig eisigen Winde aus der Eifel hinterließen an den kleinen Fensterscheiben Muster, die an Schneeflocken erinnerten, als wunderschöne Eisblumen geliebt von den Kindern, von den Älteren als Zeichen der Hilflosigkeit gegenüber dem harten Winter angesehen und verteufelt.

Wegen des riesigen, aber notwendigen Webstuhls war ein gemeinsames Familienleben nur am Küchentisch möglich. Mit seinen Ausmaßen beherrschte er das Tun und Lassen der Familie.

Alma war eine gute Nopperin, die im Tuch Erhebungen, Knoten und fehlerhafte Fasern besonders erspürte. Dennoch lag immer Spannung in der Luft, wenn die Begutachtung der fertigen Stoffe durch den Vertreter des Unternehmers anstand und es stets ungewiss war, wie hoch der Lohn sein würde.

Allerdings bekam sie nur selten ein Stück Tuch wegen irgendwelcher Fehler zurück und damit auch keine Bezahlung. Hein hatte damals dem Vertreter oft heimlich böse Blicke zugeworfen, weil er meinte, die Familie würde übervorteilt. Er wollte mögliche Fehler in der Verarbeitung nicht anerkennen, murrte und schnauzte herum. Vom Vater war er anschließend aus Angst vor dem Verlust der Arbeitsstelle mit dem Gürtel traktiert worden. Das schien Hein aber wenig auszumachen, denn nach seinem Verständnis wollte er wie ein Hund seine Familie gegen jedermann schützen.

Wenn der Beauftragte des Verlegers aber Mutter anerkennend mit einem Auge zuzwinkerte, wurde wieder ein

Auftrag angemessen vergütet, und die Familie war für eine Weile versorgt.

Der Tag, an dem Alma besonders heftig zu husten begann und Blut spuckte, war ein Sonntag. Die Hände hatte man in den Schoß gelegt oder zum Beten gefaltet, denn die Arbeit ruhte.

Aus Anlass der bevorstehenden Messe in St. Johann Baptist hatte Will seinen schwarzen Anzug angezogen, den er bereits zur Hochzeit, den Kindstaufen und bei der Beerdigung der Eltern getragen hatte. »Der passt immer noch!«, dachte er anerkennend über sich selbst, schob aber gleich nach: »Wie soll ich dicker werden, wenn das Essen für uns fünf gerade so reicht?«

Alma trug ihr dunkles, hoch geschlossenes Kleid mit den weißen Rüschen, das Will so sehr gefiel, weil er sie darin kennengelernt hatte.

Plötzlich fiel ein Schatten auf die heitere Betrachtung seines dunklen Anzugs und ihres hübschen Kleides. Mit einer Handbewegung wischte er die störende Wolke weg. Heute ist ein sonniger Sonntag und wir sind gleich auf dem Weg zur Kirche, sagte er sich. Jetzt ist nicht die Zeit für Kummer und Sorgen.

Auch die Kinder sollten ihre Sonntagskleidung anziehen, was wegen der kratzigen Stoffe mit gehörigem Maulen einhergegangen war. Die Familie hatte inmitten von Nachbarn und weiteren Gläubigen die Kirche erreicht, als Alma plötzlich zu husten begann. Ihr Oberkörper bog sich vor Anstrengung und Blut lief aus ihrem Mund.

Das Schicksal nahm seinen Lauf. Zusammen mit Hein und unter den entsetzten Blicken der Gottesdienstbesucher führte Will seine Frau zu einer Nische in der Kirchenmauer. Er sprach ihr Mut zu, wohl wissend, dass sie kaum mehr gesund werden würde.

Vielleicht aber doch, hoffte er inständig, wenn sich vieles bessern würde: mehr Sonnenschein und frische Luft, weniger Arbeit in der verrauchten und nach Öl riechenden Stube.

Doch wie sollte das in ihrer derzeitigen wirtschaftlichen Situation möglich sein?

Zunächst durfte niemand Näheres über das Geschehen erfahren, waren sich alle in der Familie einig, weil die Angst vor ausbleibenden Aufträgen auf ihren Schultern drückte. Allmählich aber ließ es sich vor dem Vertreter des Unternehmers nicht mehr verheimlichen, dass ihre Krankheit der Familie ein schweres Schicksal bescheren würde.

Wenn der Beauftragte gekommen war, um neue Rohwolle zu bringen, hatte er danach oft Mitleid mit Mutter und der gesamten Familie. Dann hatte sich in Almas Gesicht ein warmes, dankbares Lächeln gezeigt. Es war für sie wie ein Sonnenstrahl im Dunkel des Raumes, wenn sie blau gefärbte Wolle geliefert bekam – ihre Lieblingsfarbe.

Trotz der Behandlung mit heißem Urin, der Einfärbung und der anschließenden Wäsche im kalten Wasser des Wurmbaches, wurde die Wolle den bitteren Geruch der Tiere nicht los. Er breitete sich sofort um das Spinnrad und den Webstuhl herum aus.

»Meine gute Alma«, überkam es Will, als säße sie noch neben ihm. »Du hast gekämpft wie eine Löwin – und hast doch verloren!«

Noch immer sah er den Sarg vor sich, in den man Alma gelegt hatte, mit einem blauen Tuch über ihrem Totenkleid. »Friedlich hast du dort geruht – wie ein Kind.«

Die Zeit war dahingegangen im Rhythmus der Jahreszeiten und den damit verbundenen Möglichkeiten Geld zu verdienen. Man hörte, dass mechanische Webstühle und Schermaschinen in den Tuchfabriken von Verviers und Euskirchen angekommen waren, was zur Folge hatte, dass sich das Vermögen der Unternehmer vermehrte, während die Fabrikarbeiter in eine dunkle Zukunft blickten.

Hein hatte daher bereits als Junge von einer eigenen Schererwerkstatt geträumt, um irgendwann selbständig zu sein. Auch, um dem Vater zeigen zu können, was er mit Muskelkraft und einem sicheren Auge erreichen konnte: mithilfe schwerer Scheren Tuche veredeln.

Als er dann in der Werkstatt von Johann, dem Freund seines Vaters, bei der Arbeit zuschauen durfte, war er in seinem Element.

»Stell dir vor, Vater, ich durfte dabei weder in der Werkstatt rumlaufen, noch was fragen oder sonst wie den Scherern auf die Nerven gehen!«

»Was dir bestimmt nicht leicht gefallen ist«, gab Will lächelnd zurück.

»Stimmt«, winkte Hein ab. »Wenn das Tuch dann auf dem riesigen Werkstatttisch glatt und ohne Falten lag, prüfte es Johann zusammen mit dem Gesellen Zentimeter um Zentimeter. Hier und da kämmten sie ein paar Fasern nach oben, und schließlich rückte Johann mit der riesigen Schere an. Vorher hatte ich sie hochheben dürfen.«

»Na, hast du es bis auf den Tisch geschafft?«

»Nie und nimmer! Aber von dem Augenblick an habe ich gewusst, dass Scherer ein besonderer Beruf ist und ich stark werden muss.

Johann hielt dann die beiden schweren Schermesser und den Ring, an den sie festgeschmiedet sind, mit ausgestreckten Armen vor seinem Körper und bewegte sie vorsichtig hin und her. Ab und zu erwischte er eine Unebenheit und rasierte sie ab wie der Barbier einen Bart. Während er arbeitete, hatte er sich wegen des Gewichts der Schere zwischendurch gelegentlich ausruhen müssen. Endlich war die Oberfläche einigermaßen glatt. In meinen Augen – aber nicht für Johann!

Gern hätte ich gefragt, ob das Tuch aus Eifelschafwolle, vom Merinoschaf oder gar aus Flachs war und was noch mit dem Stoff gemacht wird. Hab mich aber nicht getraut – und dann hatte ich es vergessen.

Johann hatte gespürt, dass ich noch mehr wissen wollte, und ich beobachtete ihn dabei, wenn er immer wieder mit der riesigen Schere über das Tuch gefahren ist, bis er und der Geselle endlich zufrieden waren und das Werk bewundert werden konnte.«

»Du weißt aber, dass vorher noch gewalkt werden musste?«, hatte sein Vater gemeint. »Natürlich! Aber danach ging es mit dem Tuch ab in die Werkstatt zum Scheren.«

»Wenn der arme Stoff ein letztes Mal gepresst ist, so wie Mutter immer den Sonntagsanzug gesengt hatte, glatt und ohne Falten«, erzählte Will seinem Sohn, »werden die Stoffpackungen in große Planwagen verladen und wegtransportiert.«

»Wohin?«

»Nun – unter anderem bis Russland oder in den Norden von Deutschland. Vielleicht sogar nach England, denn seitdem Napoleon nicht mehr da ist, ist das Verbot, mit den Engländern Handel zu treiben, ja aufgehoben.«

»Vater, nun komm rein. Es wird kühl«, erklang Lenis Stimme aus der Küche und holte Will aus seinen Erinnerungen. »Dein Abendbrot ist fertig. Lass uns essen.«

## 7.

Radermann trat an die Lagertür im Keller des Südflügels des herrschaftlichen Gebäudes. Er zog den Schlüssel aus der Tasche, blickte sich unauffällig um, schloss das schwere Tor auf, trat ein und verriegelte es von innen wieder.

Vor ihm befand sich der stockdunkle Kellerraum. Ein Gemisch aus beißenden Gerüchen lag in der Luft. Nur ein schmaler Streifen Licht fiel herein und beleuchtete schemenhaft die an den Wänden gestapelten Fässer und Bottiche. Wie er wusste, lagerten in den prall gefüllten Säcken Blüten und Pflanzen zur Farbherstellung.

Hier fand sich alles, was die Färber brauchten: Schafwolle aus der Region mit ansehnlichen Farben einzufärben oder feinfaserige Merinowolle von sonst woher für wertvolle Tuche. An den Wänden lehnten Werkzeuge.

Wie die Färber ihr Handwerk ausübten, war und blieb ein begehrtes Geheimnis jeder Tuchfabrik! Deshalb hatten nur ganz wenige Fabrikangehörige Zutritt zum Lager.

Radermann dachte an die zahlreichen, von der jahrelangen Arbeit geschwächten Färber in seinem Unternehmen. Das kochende Färbebad, angereichert mit Beizmitteln, der Umgang mit dem vielen kalten Wasser zum Abspülen der verbliebenen Laugen sowie das Schwefeln der Tücher hatte sie dauerhaft an den Lungen und anderen Organen und Gelenken krank gemacht. Dieses Gemisch ist teuflisch – und manchmal tödlich, war sich Radermann bewusst, als er an einem der Bottiche vorüberging, an dem wie an den anderen Behältern Schilder mit dem Hinweis zum Inhalt angebracht waren.

Er hob den Deckel ab. Ihm verschlug es fast den Atem von dem beißenden Geruch, der ihm entgegenkam. Da war der Umgang mit dem Blut der Schildlaus und Purpurschnecken noch harmlos.

Radermann tastete die hintere Wand des Kellers ab. Plötzlich war in seiner Vorstellung jemand im Raum, der ihm mit teuflischem Grinsen verdeutlichte, was es heißt, arbeitslos zu werden, weil man ein Fabrikgeheimnis verraten hat!

Die Gedanken drehten sich in seinem Kopf wie das Eselkarussell auf dem Kirmesplatz. Er verspürte mächtige Wut, gepaart mit Verzweiflung über sein unehrliches Tun.

»Bei Gelegenheit werde ich ihn erwürgen, diesen Nichtsnutz – den Kessel!«, zischte er halblaut. »Aber: Verrat bleibt Verrat, egal, welche Gründe vorliegen!« Er schämte sich, obwohl das Bestechungsgeld ein außerordentlicher Anreiz war.

Bereits vor geraumer Zeit schien die undurchsichtige Angelegenheit zunächst beendet. Dennoch war er überzeugt, dass man ihn weiterhin wie eine Kuh melken würde.

Nun stand er jetzt in diesem Kellerverlies und war auf dem Weg, den letzten Rest an Achtung vor sich zu verlieren.

Die Erpressung war im geheimen Auftrag der Konkurrenz unter Vermittlung eines Färbers abgelaufen. Dieser wiederum muss betrunken in einer Kneipe im Beisein von Hein Kessel geplaudert haben und war daraufhin von ihm in die Mangel genommen worden. Er hatte den verängstigten Färber unter Androhung von Anzeige und Prügel dazu erpresst, ihm die Verbindung zu Radermann herzustellen. In einem anonymen Brief hatte Kessel angedeutet, dass er mit seiner Fabrik sowieso überkreuz lag und er das Risiko aufzufliegen eingehen würde. Er schien offensichtlich der richtige Mann für schmutzige Angelegenheiten zu sein, befanden die von der Konkurrenz und Arbeiteten mit ihm zusammen.

Anfangs ging es gut. Die Beträge, die sie schweigend an einer stillen Ecke der Fabrik tauschten, waren gering, erinnerte sich Radermann.

Trotzdem: Er hatte einen Pakt mit dem Teufel geschlossen!

Seine Gier nach Geld beruhte nicht nur darauf, nötige Arzneien für Mathilde zu beschaffen, die er sich sonst nicht leisten konnte. Nein, er wollte anfangs mehr, zumindest einen ähnlichen Hausstand wie den im Leben angesehener Bürger von Burtscheid. Die Forderungen des Burschen wurden immer drängender. Er schien Handel damit zu treiben. Natürlich zweigte er vom Schweigegeld an den Färber und an ihn Anteile an sich ab. Das war die Hölle!

Zugleich forderte Hein unverblümt, Radermann möge sich dafür einsetzen, dass er nach den vielen Vorkommnissen seinen Arbeitsplatz als Scherer behalten konnte. Was dieser auch tat, obwohl er selbst der Verzweiflung nahe war. Er schwor sich, Kessel mit in den Abgrund zu reißen, sollte er entlassen werden.

In einer Nische des Mauerwerkes fand Radermann, was er suchte: die dort hinterlegte Rezeptur mit den vollständigen Angaben zu den Färbungen.

Der bestochene Färbergeselle hatte Wort gehalten. Damit, so hoffte er inständig, sollte nunmehr Ruhe für seine Nerven einkehren.

Die Tuchfabrik Brammertz war bekannt für ihre blauen Tuche. Unter pingelig genauer Angabe der Chemikalien wurden Waid, Knöterich und Indigo zu dem berühmten Blau verarbeitet. Deswegen hatte der Unternehmer ständig die Konkurrenz zu fürchten. Er ahnte nicht, dass sie sich längst in die eigenen Reihen geschlichen hatte.

Begonien und Schafsgarbe sorgten für gelb gefärbte Stoffe. Bei den Damen der begüterten Schicht sowie beim Klerus war das strahlende Rot beliebt, wofür Färberkraut und Mädchenauge die Grundlage bildeten.

Erfahrene Färber, Spinnerinnen, Krempler, Walker und Scherer legten Tag für Tag unter schwierigen Bedingungen Hand an. Deren karge Löhne standen nicht im Verhältnis zu den Gewinnen des Unternehmers – und er, der Verwalter, hatte Anteil an einem damit einhergehenden schmutzigen Geschäft!

Nachdem Radermann das Kellerlager unauffällig wieder verlassen hatte, musste er zusehen, wie er das Schriftstück heimlich zurück bringen konnte. Vorher aber war eine Abschrift nötig.

Der Sonntagmorgen erschien für das schändliche Tun wie geschaffen. Niemand würde ihm um diese Zeit dort begegnen, denn der Unternehmerfamilie war der Sonntag heilig, und das Kontor war geschlossen. Obwohl es im Kellerbereich kalt war, stand ihm der Schweiß auf der Stirn.

Radermann hatte das Schriftstück unter seine Weste geschoben und bewegte sich ungewohnt schnell die Treppe hinauf in seine Schreibstube. Dort hoffte er in Ruhe die Abschrift anfertigen zu können, und der Herrgott möge ihm verzeihen, dass er den Gottesdienst dafür schwänzte.

Einen Posten nach dem anderen setzte er auf das Papier. Bei jeder Ziffer und jeder Materialangabe war ihm, als würde er einen Schlag ins Genick bekommen.

Schließlich war er fertig. Er horchte auf Geräusche, stopfte sich das Original wieder unter die Weste und verließ den Raum.

Schließlich war er an der Kellertür angelangt und steckte den Schlüssel geräuschlos ins Schloss. Innen tastete er ein weiteres Mal nach der Mauernische und legte das Papier zurück, damit es der bestochene Färber wieder an sich nehmen konnte.

»Ich hab es geschafft!«, redete er sich ein.

Er wollte noch zur Kirche gehen, um dort seine Familie zu treffen. Vorher hatte er sie mit einer fadenscheinigen Begründung über seine Abwesenheit bereits unterrichtet. Und vor allem wollte er jetzt, wenn auch nicht im Beichtstuhl, so doch auf der harten Kirchenbank sitzend beichten.

# 8.

Mit dem Glockengeläut von St. Johann Baptist ging der Gottesdienst anlässlich der Kirchweih der Burtscheider Kirche zu Ende. Das große Portal war geöffnet, die Besucher strömten hinaus in den sonnendurchfluteten Sonntag, und die Natur zeigte sich von ihrer schönsten Seite.

Da das feierliche Hochamt länger als sonst gedauert hatte, waren die Kehlen der Gottesdienstbesucher recht trocken geworden. Vom Wein hatte ja nur Hochwürden etwas.

Wie immer hatte jede Familie in ihrer angestammten Kirchenbank gesessen. Die ärmeren Stände hinten, die Reicheren vorn und diese waren wie immer so spät gekommen, dass sie jeder bemerken musste.

Es herrschte heitere Stimmung. Nicht nur die Herrschaften der gehobenen Gesellschaft freuten sich auf den Festtagsschoppen, auch die Tuchmacher, Tagelöhner und Häusler. Jeder ging dorthin, wie es sein Stand vorgab. Den Wohlhabenden war es besonders wichtig zu sehen und gesehen zu werden, und man hatte sich nach der neuen Mode entsprechend herausgeputzt.

So auch Familie Brammertz.

Henriette zog anerkennende Blicke auf sich, wobei es vorwiegend die Herren waren, die bewusst ihre Schritte in die Nähe der Unternehmerfamilie richteten, um ein Gespräch zu beginnen. Die Ehefrauen dagegen reagierten eher mit Zurückhaltung.

Kathi versuchte sich während der leidigen Höflichkeitsbekundungen etwas abseits zu stellen, um die Augen offen halten zu können. Junge Burschen flanierten vorüber und sparten nicht mit anzüglichen Bemerkungen gegenüber Kathi. Der eine jedoch, nach dem sie verhohlen Ausschau hielt, war nicht unter ihnen.

In diesem Moment kamen zwei ehemalige Schulfreundinnen auf sie zu. Es waren Lydia und Sophie. Kathi witterte sofort die Möglichkeit, ungehindert auf den Kirmesplatz zu kommen.

Während Brammertz angeregt mit Bekannten der Familie plauderte, ermahnte Henriette ihre Tochter, sich nicht von den Freundinnen zu trennen, rechtzeitig zurück zu sein und vor allem keine Männerbekanntschaften zu machen!

Alles Dinge, die sie nicht vorhatte, zu erfüllen!

Als Kathi beim flüchtigen Abschied zufällig auf Mutters Halskette blickte, meldete sich wie ein Blitz erneut ihr schlechtes Gewissen: Sie hatte die Brosche noch nicht zurück! Ihrer Mutter war es, Gott sei Dank, bisher noch nicht aufgefallen, und sie hatte auch nicht danach gefragt.

Vergnügt tauchten die drei Mädchen in die besondere Atmosphäre des Festes ein. Köstliche Gerüche stiegen ihnen in die Nase, und schon war am Markt Qualm vom Ochsen am Spieß zu sehen. Die Besucher strömten in Richtung der an den Seiten errichteten Wurfbuden, wo mit großem Hallo der eine oder andere Gewinn gefeiert wurde. In einer Schiffsschaukel versuchten kräftige Burschen den Überschlag, und ein Gerät, vor dem fast nur Männer jeden Alters standen, hatte es auch den drei Mädchen angetan. Auf einem langen Brett, das nach oben zeigte, waren Markierungen wie ›Schwächling‹ am untersten Strich und ›stärkster Mann der Welt‹ am obersten angebracht. Dazwischen standen die Markierungen ›Milchbube‹ oder ›Angeber‹.

Das lange Brett war durch eine Mechanik mit einem breiten Ständer verbunden, auf dem eine dicke Polsterung lag. Davor stand ein junger Mann mit einem riesigen Holzhammer in der Hand, den er soeben unter den Anfeuerungsrufen der Zuschauer auf die Unterlage schleuderte. Ein an einer Schnur angebundener Zeiger sauste nach oben und wies ihn als ›Angeber‹ aus. Höher hatte es der Mann nicht geschafft. Die Mädchen hatten Spaß, wie sich die Männer gegenseitig zu übertrumpfen versuchten.

Nebenan war ein kleines Zelt aufgebaut, das durch seine Besonderheit an Farben und Darstellungen von Himmel, Sternen und dem Mond auffiel. Ein Schild wies es als das Zelt einer Wahrsagerin aus.

»Sollen wir?«, fragte Lydia aufgeregt.

»Ich habe zu wenig Geld dabei«, erwiderte Sophie. Kathi traute sich nicht von der Wahrsagerin zu hören, ob sie demnächst glücklich oder unglücklich sein würde, obwohl sie sowieso nicht an den Unsinn glaubte, aus der Glaskugel das Schicksal der Leute zu bestimmen.

Sie zogen weiter und staunten über Gaukler und Seiltänzer, die in mehreren Metern Höhe über den Festplatz balancierten. Afrikanische Frauen, deren Haut tiefschwarz glänzte, waren in farbenfrohe Kleider gehüllt. Mit Abscheu sahen die Mädchen die durchstochenen Nasenflügel, in denen Schmuckstücke steckten. Sie kamen an Kleinwüchsigen und Verkrüppelten vorüber, denen die Sensationslust der Gaffer nicht mehr allzu viel auszumachen schien und deren derbe Späße und Beleidigungen sie zurückgaben.

Ein Karussell, gezogen von zwei Eseln, drehte sich in einem fort, und die Kinder hatten Spaß, wenn sie auf einer Bank sitzend das Treiben an sich vorüberziehen ließen, besonders, wenn die Eltern immer wieder auftauchten.

Als sich Lydia und Sophia mit einem Äffchen amüsierten, das an eine Kette gefesselt war und auf seinem Käfig herumturnte, erblickte Kathi wenige Meter von ihnen entfernt Hein Kessel! Er stand im Kreis von vier jungen, kräftigen Männern, die sich angeregt unterhielten. Ihren Gesten konnte sie entnehmen, dass sie Wichtiges zu besprechen hatten. Als er sich umschaute, war Kathi sicher, dass er sie erkannt hatte. Sie spürte, wie ihr die Röte ins Gesicht schoss.

»Kommt, wir gehen weiter.« Fahrig schob sie eine der Freundinnen zur Seite. Am liebsten wäre sie beide losgeworden, um unauffällig mit dem Kontakt aufzunehmen, der sie seit Tagen in Unruhe versetzte. Sie verspürte Angst und Wut, Neugier und Anziehung. Alles zusammen!

Das Kirmestreiben war plötzlich nur noch Nebensache. Selbst einen Feuerschlucker, der vor ihnen in einem Kreis von Zuschauern seine aufregende Kunst zeigte, übersah sie. Kathi spürte ihr Herz bis zum Hals pochen. Ständig blickte sie sich um oder versuchte, Hein zwischen den Scherern, den anderen Besuchern und den Buden wiederzufinden. Sie wusste, dass er sich in ihrer Nähe aufhielt – und er besaß die Brosche!

Kathi war klar, dass sie sich von den Freundinnen trennen musste. Also gab sie vor, dass ihr der Rummel zu viel sei und nach Hause gehen möchte.

Als sie wie unschlüssig an einer Bude mit leckeren Backwaren stand, spürte sie eine Berührung am Arm. Erschrocken drehte sie sich zur Seite und sah sein Profil mit dem kantigen Kinn und dem wilden blonden Haarschopf.

»Sieh mal an, so allein zwischen den vielen Leuten. Wo sind denn deine Freundinnen geblieben?«, meinte Hein wie beiläufig. Dabei drehte er sich zu ihr und blickte sie mit seinen stechenden Augen an. »Sind weg«, war ihre kurze Antwort und sie tat so, als würde sie die Auslagen betrachten.

»Übrigens«, sie bemühte sich um einen strengen Tonfall, um das Zittern in ihrer Stimme zu überdecken: »Ich verlange sofort die Brosche zurück!« Hein fasste in seine Hosentasche, zauberte das Schmuckstück hervor und beließ es in seiner Handfläche. Als Kathi danach fassen wollte, schloss er die kräftige Hand und steckte die Brosche wieder ein.

»Ich wusste, dass wir uns heute sehen würden«, meinte er, ohne auf ihren Wunsch einzugehen. »Das ist wunderbar, denn jedem Finder gebührt ein Lohn, den er sich allerdings abholen muss!« Dabei verzog er erneut sein Gesicht zu einem Grinsen.

»Damit du mich in Ruhe lässt, können wir uns ein andermal treffen, und dann gibst du mir die Brosche zurück!«

»Gut«, antwortete Hein süffisant, »liebend gern. Zum Glockenläuten in der Walkmühle.«

»Aber ansonsten möchte ich keinen Kontakt zu dir – und darf es auch nicht. Es ist deine letzte Chance, bevor ich dich wegen Unterschlagung, oder wie man so was nennt, anzeige.«

In diesem Augenblick spürte Kathi, dass sie vielleicht soeben einen Fehler begangen hatte. Er konnte sie nämlich unter Druck setzen und damit einen gesellschaftlichen Skandal herbeiführen.

Trotzdem war sie von sich überrascht, wie sie es fertig gebracht hatte Stärke zu zeigen. Wie es in ihrem Inneren wirklich aussah, sollte und durfte er nicht erfahren.

*Sonntag, 24. Juni*

*Nur dir, mein Tagebuch, kann ich erzählen, wie es in mir aussieht, weil du zuhörst, ohne großartig Fragen zu stellen. Auch mit Lydia und Sophie kann ich nicht darüber sprechen. Sie sind geschwätzig wie Gänse. Mit den Eltern erst recht nicht.*

*Allmählich gerate ich in den Strudel von Lügen und Heimlichtuerei. Ich kann mich auf nichts besinnen und träume am Tag vor mich hin. Mutter hat mich schon verwundert gefragt, ob ich krank bin. Fast hätte ich JA! geschrien.*

*Die Brosche ist immer noch weg!*

*Und dieser Hein schwirrt in meinem Kopf herum!*

*Und um mich herum geht alles seinen gewohnten Gang – oder doch nicht?*

*Radermann ist so seltsam ernst geworden und gar nicht mehr spaßig mit mir. Dauernd hört man von irgendeinem, der sich bei der Arbeit mit den neuartigen Maschinen schwer verletzt hat oder ansonsten aus dem Unternehmen geflogen ist. Vater raucht weiter seine dicken Zigarren und bläst den Qualm in die Luft, als wäre nichts geschehen und Mutter hält ihre Kränzchen ab, wobei sich die alten Schachteln im Angeben gegenseitig überbieten.*

*Mir steht einiges bevor!*

*Gleich habe ich einen wichtigen Weg vor mir ...*

# 9.

»Ich bin mit Lydia und Sophie verabredet«, erklärte Kathi am Kaffeetisch und schaute dabei wie gelangweilt aus dem Fenster auf den sonnenbeschienen Park, um ihre Mutter nicht ansehen zu müssen. Ihr Vater hatte sich ins Herrenzimmer zurückgezogen. Bei einem Glas Cognac studierte er mal wieder Bilanzen und vergaß die Welt um sich herum.

Kathi hatte ihrer Mutter von dem völlig überfüllten Kirmesplatz berichtet, wo es ihr schließlich nicht mehr gefallen habe. Sie gab vor, dass sich die Schulfreundinnen schließlich eine Ewigkeit nicht mehr gesehen hatten. Nun wollten sie sich später noch mal am Untertor treffen.

Ihre Mutter schien beruhigt. Beim Aufstehen vom Kaffeetisch kam jedoch wie nebenbei die Frage: »Hast du Omas Brosche wieder ordentlich in die Schatulle gelegt?« Ein Blitzschlag hätte nicht wuchtiger sein können! »Jaja!«, antwortete sie. Ihr Herz pochte und ihre Knie zitterten.

»Und übrigens, Kathi«, meinte Henriette, »Vater und ich sind am nächsten Sonntag in Laurensberg eingeladen. Wir haben Tante und Onkel lange nicht besucht.«

Katharinas Blick jedoch haftete an der mächtigen Standuhr im Salon, die ihr anzeigte, dass sie bald aufbrechen müsste.

Als sie das Grundstück verließ, ahnte sie, dass nun eine neue Seite in ihrem Lebensbuch aufgeschlagen wurde.

Sie wollte sich mit einem Aufrührer treffen, der ihre Brosche unrechtmäßig besaß und zu dem sie sich aus unerklärlichen Gründen hingezogen fühlte, der aber offensichtlich keine Skrupel kannte, wenn es darum geht, seine Vorstellungen umzusetzen.

»Habe ich nicht ähnliche Vorstellungen wie er?«, fragte sie sich. »Ich fühle mich als Rebellin, bin aber keine. Ich lebe gut unter dem Schutz der Eltern, möchte aber von allem frei sein.

Radermann sieht es auch so, dass es den Arbeitern besser gehen muss und sie bei Krankheit oder Unfällen finanziell abgesichert werden sollten. Es ändert sich aber nichts. Er muss ungerechte Lohnkürzungen und Entlassungen mittragen, obwohl er selbst aus dem Arbeiterstand stammt. Soll er daher seinen Posten drangeben? Schließlich hat auch er eine Familie zu versorgen.«

Inzwischen hatte sie die Hauptstraße erreicht und war bald am Untertor angelangt.

›Die Gespräche mit Radermann bedeuten mir viel‹, versuchte sie ihre Nerven zu beruhigen, ›sehe ich mich doch mit ihm gedanklich verwandt, obwohl wir aus verschiedenen Generationen stammen. Für Vater sind meine Gedanken alles Flausen im Kopf eines unreifen Mädchens. Mit ihm darüber zu reden, lasse ich besser sein, denn er kennt nur Geschäftemachen und gesellschaftliche Verpflichtungen.‹

Völlig unerwartet stand Lydia vor ihr und lächelte sie an. Kathi fuhr der Schreck in die Glieder. Lügen haben kurze Beine, kam es ihr in den Sinn und begann blitzschnell, nach einem triftigen Grund zu suchen, weshalb sie sich hier herumtrieb.

»Sieh an«, meinte Lydia, »es scheint dir wieder besser zu gehen.«

»Es war der Kirmesrummel. Nun muss ich bei Leuten was abholen«, antwortete sie einsilbig und verabschiedete sich rasch von der verdutzten Freundin.

Bald hatte sie die alte Walkmühle am Wurmbach erreicht, ohne jemandem zu begegnen. Wegen des Sonntags waren die Werkstätten geschlossen, sodass kaum Menschen zu sehen waren. Einige mussten ihren Rausch ausschlafen, andere waren noch auf dem Kirchweihplatz.

Das riesige oberschlächtige Mühlrad stand still, denn die Mühle wurde seit langem nicht mehr benutzt. Mächtige

Speichen und Schaufeln, die vom Wasser angetrieben wurden, glänzten nach wie vor. An den Rändern hatte sich bereits Grünes angesiedelt. Kathi schaute auf rahmenlose Fensterhöhlen, und die Türblätter fehlten ebenfalls. Unbefugte Hände hatten sich an dem fast zerfallenen Gebäude bedient. Niemand schien anwesend.

Geblendet vom einfallenden Licht, trat Kathi zögernd ein. Ihr erster Eindruck war ein durchdringender Geruch von Färbermaterialien, Seifenlauge, Urin und feuchter Wolle, der sich seit ewig in das Holz und die Steine gefressen hatte. Es war ekelig.

Vor ihr standen riesige, noch intakte Bottiche. Dafür hatten die Einbrecher wohl keine Verwendung, überlegte sie. Darüber hingen schwere Holzhämmer, die aussahen, als würden sie jeden Augenblick nach unten stürzen, um die früher in den Bottichen abgelegten Tuche zu Brei zu zermalmen.

›Verdichten‹, nennt Vater so was, erinnerte sie sich und auch daran, dass er dann lachend mit den Händen zeigte, wie viel ein Tuch plötzlich kürzer geworden war. Aber fester! …

In diesem Moment knarrte vor ihr eine Fußbodendiele. Hinter einem der Bottiche tauchte in der Dunkelheit eine Person auf.

Nachdem Kathi sich von ihrem Schrecken erholt hatte, erkannte sie Hein Kessel. ›Er muss mich beobachtet haben‹, vermutete sie. Langsam kam er auf sie zu. Das Herz schlug ihr bis zum Hals. »Da bist du ja«, meinte er überraschend freundlich.

»Willst du nicht näherkommen?«

›In seinem Sonntagsstaat sieht er aus wie jeder junge Mann, der zu einem Rendezvous loszieht‹, dachte Kathi anerkennend. Sie wusste, dass man ein solches Treffen seit der Franzosenzeit so bezeichnete. Nur das Anhängsel ›amoureux‹ wollte sie nicht gelten lassen – noch nicht …

Das dunkle Hemd über der hellen Hose und die geputzten Pantinen standen ihm gut.

Ohne zu zögern, trat Kathi auf ihn zu.

»Da bin ich!«, meinte sie selbstbewusst und machte Hein klar, dass sie nur wenig Zeit habe und anderweitig erwartet würde. »Du weißt, dass ich mich nur mit dir treffe, damit du mir wie versprochen die Brosche zurückgibst.«

Da war wieder dieses teuflische Grinsen und sein sofortige Widerspruch: »Versprochen ist gar nichts, und wie lange wir hier sind, wirst du schon sehen!«

»Nun, worüber sollen wir uns denn unterhalten?«, meinte Katharina kühl, um ihm zu verdeutlichen, dass ihr nur an einem Gespräch gelegen war. Sie wollte nicht nur die Brosche von dem Kerl zurückhaben, sondern auch verstehen, weshalb er sich so gab.

Im Vorhinein wollte sie ihm klar machen, dass seine Position keine andere als die eines Angestellten ihres Vaters war und ein einziges Wort von ihr seinen Rausschmiss bedeuten würde. Ihr Vater hatte so weitreichende Verbindungen zu den anderen Unternehmern, dass Kessel keine Arbeit als Scherer mehr finden würde, vielleicht weit weg in Verviers, in der Lausitz oder gar in Prato, in der Toskana, wo man ihn nicht kannte.

Diese Vorstellung gab ihr Sicherheit.

»Du bekommst das Schmuckstück zurück, wenn du dich mit mir unterhältst, und zwar so lange ich es will, und du mir zum Abschied einen Kuss gibst, bevor wir uns ein weiteres Mal treffen.«

Während er sprach, kam er auf sie zu. Katharina fühlte sich bedrängt und wie in einer Falle. Würde er auch vor Gewalt nicht zurückschrecken?

Sie beschloss, selbstbewusst aufzutreten und ermunterte ihn: »Erzähl mir von deiner Arbeit als Scherer. Die bedeutet dir doch so viel, dass du sogar deine Existenz aufs Spiel setzt.«

Kessel blieb stehen und schien fürs Erste von seinem Vorhaben abgelenkt zu sein. ›Ob er den Ernst hinter dieser leicht spöttischen Frage erkennt‹, ging es ihr durch den Kopf.

Am Geburtstag ihres Vaters hatte sie den beiden Cousinen berichtet, wie Scherer ihr Handwerk ausüben. Ob er im Garten vielleicht das Gespräch der drei Mädchen belauscht hatte?

»Als verzogene Fabrikantentochter kann es dir egal sein, wie ein Scherer oder ein Färber zurechtkommt. Oder wie hier einer von den Walkern, der in der Seifenlauge fast ersäuft und den Höllenlärm der Hämmer aushalten muss!« Dabei zeigte er auf die Bottiche.

Katharina spürte seine Erregung. Offensichtlich war dies genau der Punkt, der ihn empfindlich machte.

Plötzlich stand Kessel direkt vor ihr. Mit einem Finger langte er an ihr Kinn und hob es fast behutsam an. Sie war wie erstarrt und zu keiner Gegenwehr fähig.

Als sie spürte, dass er sie zu umarmen versuchte, schob sie ihn von sich weg, drehte sich um und stürzte hinaus. Dabei rief sie ihm noch zu: »Morgen um drei, am Klosterweiher – und bring die Brosche mit!«

»Nein, ich bestimme, wo und wann wir uns treffen: nächsten Sonntag, drei Uhr, in der alten Werkstatt von Meister Johann am Adlerberg, letztes Haus. Vorher geht's nicht.«

Wie von wilden Hunden gehetzt, lief Katharina von der Walkmühle weg in Richtung ihres Elternhauses. Sie ging auf den Klosterweiher zu, wo sie sich am Ufer, etwas versteckt vor fremden Blicken, auf einem alten Baumstamm niederließ und dem Treiben im Wasser zuschaute. Sie wollte unter keinen Umständen schon zurück.

Hier am Weiher hatte sie schon öfter gesessen und über dies und das nachgedacht – aber noch nie ging es ihr so wie heute!

*Am Abend*

*Ich weiß nicht, ob ich mich verliebt habe oder noch mehr Hass auf diesen Kerl empfinde als vor dem Treffen in der Walkmühle. Zwischendrin war er recht charmant – so drücken sich die Franzosen wohl aus – und er hatte sich sogar sonntäglich angezogen. Für mich!? Am liebsten hätte ich ihm einen Kuss auf die Wange gegeben! Oder sogar richtig auf den Mund?*

*Erst am Klosterweiher ist mir klar geworden: ein Durcheinander von Lügen, Angst und Gefühlen haben sich breit gemacht. Alles ist plötzlich so anders. Und ich habe neue Seiten in meinem Lebensbuch aufgeschlagen – ich hatte es geahnt, als die Haustür hinter mir zugefallen war.*

*Auch, dass Vater keinen Spaß versteht, wenn es um das Wohl seiner Familie geht. Besonders, wenn es sich um mich dreht: Wenn er erfährt, dass ich Kontakt mit seinem Scherer habe, würde er entweder Kessel hinter Gitter bringen oder mich weit entfernt zu Verwandten geben, um mir ›den Kopf zu waschen‹. Was nichts anderes heißt, als nach seiner Pfeife tanzen zu müssen!*

*Bin ich diesem Hein Kessel ähnlich? Ich möchte auch bestimmen, wohin der Weg führt!*

*Ich werde dafür den lieben Gott bitten, dass er mich demütig bleiben lässt. Es ist alles schwer genug!*

*Ich bin sehr aufgeregt wegen nächstem Sonntag – dann krieg ich die Brosche endlich zurück!*

## 10.

Auf seinem Kontrollgang betrat Radermann ein letztes Mal an diesem Tag die Halle, in der die Scherer ihrem Handwerk nachgingen. Konzentriert führten sie die Scheren über das ausgebreitete Tuch und achteten genau auf jede Unregelmäßigkeit des Stoffes. Wie der Verwalter wusste, wurde der Stoff oft ein weiteres Mal geschoren, und je nach Güte der Wolle musste ein Vorgang öfter wiederholt werden. Erst dann war aus dem rauen Stoff ein glattes Tuch geworden, das für gutes Geld verkauft werden konnte.

Die vier Scherer, unter ihnen Hein Kessel, schauten zunächst nicht auf. Erst als sich ihre Blicke nach einer Weile trafen gab ihm Radermann ein Zeichen, zu ihm zu kommen.

Beide Männer wirkten angespannt. Radermann flüsterte Hein zu: »Komm übermorgen in der Mittagspause unauffällig in den Kellergang. Du weißt schon. Ich hab was für dich. Und denk dran!« Dabei rieb er verdeckt Daumen und Zeigefinger hin und her. »Besorg es dir bis dahin!«

Dann erhob er seine Stimme, dass es alle hören konnten: »Ich verlasse mich drauf, dass ihr den Auftrag wie gewohnt gut bearbeitet. Du als der Erfahrenster bist verantwortlich!«

In der Nacht konnte Radermann nicht zur Ruhe kommen. Zu viele Zweifel am Gelingen dieses höllischen Unterfangens ließen ihn unter der Bettdecke schwitzen. Er befreite sich kurzerhand von ihr, verließ die Wärme des Bettes und erleichterte sich in den Nachttopf. Daraufhin träumte er sich in eine schöne heile Welt.

Umso schlimmer war das Erwachen am nächsten Tag. Sollte es morgen wie verabredet zum unauffälligen Austausch von Färberrezept und Bestechungsgeld kommen, gab es für ihn keine Umkehr mehr. »Wenn ich nicht aufpasse, bin ich dem Kessel endgültig ausgeliefert. Der Himmel soll mich beschützen! Bei dem Gespräch vor Tagen im Kontor hätte ich Kessels Behauptungen noch widerlegen können«, fasste er seine Lage zusammen. »Ich hätte es gegenüber Brammertz als Rache für irgendwelche Ungerechtigkeiten abtun können. Nun aber würden Beweise vorliegen. Und Kessel würde alles dafür tun, seinen Hals zu retten.«

Die Vormittagsstunden waren für Radermann angefüllt mit Durchsicht von Aufträgen und Abrechnungen, was er, wie er feststellte, auch hätte verschieben können. »Hoffentlich läuft mir Brammertz nicht über den Weg und erteilt mir für morgen einen Auftrag außer Haus.«

Dann begann für ihn ein quälend langer Arbeitstag, die Stunden zu Hause, eine unruhige Nacht und wieder ein neuer Morgen.

Als endlich der Mittag des nächsten Tages herankam, war ihm, als müsste er zusammenbrechen. Gegen seine Angewohnheit holte er die Flasche Korn aus dem Spind und beruhigte sich mit einem tiefen Schluck. Danach steckte er das gut gehütete Schriftstück in seine Weste und verließ den Raum.

Ohne jemandem zu begegnen, schaffte er den Weg ins Kellergewölbe. Niemand war im Gang, der nur durch einen Schacht mit etwas Tageslicht verbunden war, zu sehen.

Da tauchte plötzlich Heins Gestalt wie aus dem Nichts auf. Er trug seine Arbeitskleidung und hatte eine Tasche umgehängt, in der er zur Tarnung sein Essen für die Mittagspause verwahrte, wie Radermann vermutete.

Kessels Gesicht war das eines Kartenspielers, der keinen Hinweis auf seinen Gemütszustand verraten wollte.

Ohne jegliche Begrüßung begann Radermann im Flüsterton: »Sollte jemand auftauchen, besprechen wir die neuen Scheren, die ihr braucht. Verstanden? Hast du das Geld? Ich habe die Rezeptur dabei!«

Stumm griff Hein in seine Tasche und holte ein Bündel Geldscheine heraus. Als der Verwalter danach fassen wollte, zog Hein die Hand zurück, funkelte sein Gegenüber ungehalten an und presste heraus: »Erst das Schriftstück! Ich muss wissen, dass ich nicht übers Ohr gehauen werde!« Dabei schob er das Geld wieder in die Tasche.

Ein schmales Lächeln kam Radermann über die Lippen. »Und wie sieht's bei dir aus? Wie viel hast du dir bereits abgezweigt?«, konterte er, zog die Rezeptur aus der Weste und reichte sie Kessel, indem er darauf achtete, dass er dicht an seinem Gegenüber stand. »Beeil dich mit dem Kontrollieren. Wir haben nicht viel Zeit!«

Plötzlich schubste Kessel den Verwalter zur Seite, versetzte ihm einen kräftigen Schlag vor die Brust und wollte mit dem Schreiben in der Hand fliehen.

Als hätte es Radermann geahnt, stellte er sein Bein nach vorn. Kessel stolperte und stürzte zu Boden. Die Tasche war ihm von der Schulter gerutscht.

Radermann war überrascht von seiner eigenen Wendigkeit, als er die Tasche mit einem Fußtritt wegschleuderte, für Kessel zunächst unerreichbar. Einige Geldscheine lagen verstreut am Boden.

Bevor sich Kessel aufrappelte, grapschte er nach dem Geld. Radermann hatte die kurzzeitige Überlegenheit genutzt, um sich die Tasche zu schnappen, zur Treppe zu laufen und wie vom Teufel gehetzt nach oben zu stürzen. Dabei nahm er auf der langen Treppe jeweils zwei Stufen gleichzeitig. Heftige Stiche in der Brust, Schwindel und Schmerzen in den Knien durchzogen seinen gesamten Körper und bedeuteten ihm, dass er einer solchen Belastung nicht gewachsen war.

Er wurde von Stufe zu Stufe langsamer. Trotzdem hatte er fast die Tür zum Erdgeschoss erreicht, als er schnelle Schritte hinter sich hörte, verbunden mit dem Keuchen eines Menschen, der alles daran setzte, sein Ziel zu erreichen: das Geld wiederzubekommen!

Radermann mit einem Faustschlag niederzustrecken und ihm gleichzeitig die Tasche wieder zu entreißen, war ein einziger Vorgang.

Der Verwalter stürzte und schlug mit dem Kopf auf dem Steinfußboden auf. Blut spritzte aus seiner Stirn und tropfte auf die Plattenfugen.

»Das hast du jetzt davon«, zischte Hein gehässig. »Niemand führt mich hinters Licht!« Er nahm die Tasche wieder an sich und ließ sein Opfer stöhnend und blutend zurück.

Kessel suchte auf einem Umweg seinen Arbeitsplatz wieder auf. Keiner der anderen Scherer war überrascht, dass er verspätet kam, denn daran hatten sie sich bereits gewöhnt. »Jetzt habe ich beides: das Geld und die Rezeptur!«, flüsterte er vor sich hin, lächelte hämisch, legte sich die schwere Schere um die Hüfte und beugte sich über den Arbeitstisch, um ein neues Stück Tuch zu bearbeiten.

Unruhe kam in der Fabrik auf. Sie übertrug sich auch auf die Scherer. Viele Arbeiter versammelten sich am Tor zum Bureau und wollten wissen, was mit dem Verwalter passiert war, der blutend und vor Schmerzen stöhnend auf dem Boden vor der Treppe zum Lager gefunden worden war.

Auf Brammertz' Veranlassung hin war Radermann auf eine Bahre gebettet und ins Spital transportiert worden. Den wartenden Leuten und Radermanns inzwischen benachrichtigter Frau hatte er geschildert, dass man von einem unglücklichen Sturz ausgehen muss und man froh sein könne, dass er nicht die Treppe hinunter gestürzt war.

In der folgenden Nacht entwickelte Hein einen teuflischen Plan: Der Färber von der anderen Fabrik sitzt oft nach Feierabend in der Marktschenke. Dort würde er ihn wieder aufstöbern, nachdem er ihm das Geschäft mit der Erpressung vermasselt hatte. Aber wegen des Geldes hatte er doch Wort gehalten. War es überhaupt die Summe, die sie beide vereinbart hatten? Bestimmt hatte er ihn übers Ohr gehauen! Er würde daraus ein weiteres Geschäft machen – er brauchte nämlich das Geld!

Nach Feierabend betrat Hein die Schenke am Markt. Laute Gespräche schlugen ihm entgegen. Nahezu jeder rauchte seine Pfeife, bestückt mit billigem Tabak. Kaum einer beachtete ihn, was ihm nur recht war.

Er ließ seine Augen über die wenigen Tische schweifen und fand den Gesuchten im Gespräch mit anderen. »Komm mal kurz mit raus!«, flüsterte er ihm ins Ohr, nachdem der Färber ihn erkannt hatte. »Ich hab was für dich.«

So oder so ähnlich hatte ihn auch Radermann angesprochen, als dieser ihm die Rezeptur gegen das schmutzige Geld übergeben wollte.

Als sie draußen zusammengetroffen waren und sich grußlos gegenüberstanden, holte Hein ein Blatt Papier aus der Weste und überreichte es ihm. »Hier!«

»Ist es das?«

»Was glaubst du denn! Schau es dir aber genau an!«

Der Färber überflog die Zeilen. »Das kann so nicht stimmen. Es sind zu wenige Angaben!«

»Genauso ist es!«

»Wieso?« Der Färber blickte in Heins grinsendes Gesicht. »Du spinnst wohl! So kann ich das nicht weitergeben!«

»Du kriegst die andere Hälfte, wenn ich das restliche vereinbarte Geld in der Hand hab.«

»Willst du damit sagen …?«

»So ist es!«, unterbrach Hein sein Gegenüber, welcher völlig verzweifelt war.

»So, nun geh wieder rein und erklär das deinen Leuten in eurer Fabrik. Du wirst ein paar Tage Zeit haben, dann aber sehe ich den zweiten Teil der Zahlung!«

Nach dem Schlag durch Kessel und dem Sturz auf die Steinplatten, hatte Radermanns Bewusstsein ausgesetzt.

Irgendwann spürte er einen festen Verband um seinen Kopf und hörte im Dämmerschlaf flüsternde Stimmen. Als er um sich blickte, stellte er fest, dass er nicht der einzige Patient war. In dem großen Krankensaal standen viele Betten, und mehrere Schwestern bewegten sich geschäftig von einem zum anderen.

Er hatte immer einen Bogen um das Angst einflößende, mächtige Spital gemacht und war nun überrascht, wie fürsorglich die Schwestern im Ordenshabit mit den Patienten umgingen.

Eine von ihnen näherte sich in Begleitung einer jungen Nonne. Sie trug ein Tablett, auf dem sie Wickel, Salben und Schere transportierte. Wortlos und mit geübten Griffen wickelte die ältere der beiden den Verband ab und betastete die Wunde. Ohne ein Wort strich sie Salbe auf und begann mit dem neuen Wickel.

Radermann versuchte sich derweilen vorzustellen, wie die junge Nonne wohl in einem luftigen Kleid und mit offenen Haaren aussehen mag, denn ihr Gesicht gefiel ihm. Die blauen Augen und der schön geschwungene Mund wollten nicht zu dem tristen schwarzen Habit passen, das farblich nur durch die weiße Schürze aufgelokkert wurde. Gleichzeitig war Radermann voller Respekt, dass sich die junge Frau dieser Berufung verschrieben hatte und ihre irdischen Freuden dadurch arg begrenzt waren.

Nachdem die ältere Nonne auf die baldige Visite des Arztes hingewiesen hatte, zogen die beiden zum nächsten Patienten. Beim kurzen Abschied versuchte Radermann den Blick der jungen Frau zu erhaschen. Vergeblich!

Danach war er wieder weggedämmert und hatte geträumt. Kessel und Brammertz waren ihm erschienen. Im Traum erlebte er Erleichterung über den Zustand, der ihn über lange Zeit gequält und jegliche Lebensfreude genommen hatte. So gut hatte er lange nicht geschlafen.

Das Lächeln war seiner Frau aufgefallen, die an seinem Bett saß, seine Hand hielt und ihn mit freundlichen Augen ansah. »Friedrich, erkennst du mich?«

Radermann blickte erstaunt auf und war erfreut, seine Mathilde zu sehen.

»Dich kann man nicht allein lassen!«, meinte sie scherzhaft. »Die Hauptsache ist aber, dass du nicht die Treppe runter gestürzt bist. Sonst säße ich wohl nicht hier, sondern an deinem Grab.«

»Du hast die Welt schon immer positiv gesehen«, gab ihr Mann lächelnd zurück. Seine Frage, ob das Geld für ihre Arzneien noch reichen würde, tat sie mit einer Handbewegung ab, um ihn nicht zu beunruhigen. Er ahnte, dass sie ihm etwas vorspielte.

Nervös nestelte Radermann an seiner Zudecke herum und wusste nicht, wie er beginnen sollte. Er hatte beschlossen, reinen Tisch zu machen.

»Mathilde«, begann er leise und zaghaft, weil ihm die Worte schwer über die Lippen kamen. Er blickte sich nach allen Seiten um, ob keiner zuhörte. »Ich bin nicht gestürzt. Ich bin niedergeschlagen worden!«

Seine Frau blickte ihn entsetzt an. Sie beugte sich tiefer zu ihm hinunter: »Du bist was!?«

»Du hast richtig gehört!«

»Um Gottes Willen!« Sie bekreuzigte sich. »Hast du denn Feinde?«, fragte sie ungläubig, »oder wollte dich jemand ausrauben?«

»Ja und nein!«

»Was heißt das!?«

Ohne auf ihre drängende Frage einzugehen, flüsterte Radermann nach einer kurzen Pause: »Mathilde, ich bin glücklich!«

Sie fuhr ihm behutsam über den gewickelten Kopf. »Friedrich, was meinst du damit, wenn du mir sagst, glücklich zu sein?«

Radermann richtete stöhnend seinen hageren Körper auf. »Ich kann verstehen, dass du mir nicht folgen kannst, wenn ich im Spital liege und von Glücklichsein schwafele.«

»Erkläre es mir!« Sie schaute ihn ermunternd an.

»Das dauert länger und braucht viel Geduld von dir.«

»Ich bin gespannt! Vielleicht ist es deine Freude darüber, dass du noch glimpflich davongekommen bist?« Dann überkam es sie: oder steckt mehr dahinter? Vielleicht etwas ganz anderes? Gar eine Frau, oder Geldsachen? Den letzten Gedanken hatte sie kaum hörbar vor sich hingemurmelt.

Radermann wurde es flau in der Magengegend. Es war nicht die Folge seines Sturzes, sondern Mathildes Beharrlichkeit verunsicherte ihn. Außerdem fürchtete er einen gewaltigen Knacks in seiner Ehe, die bisher auf Vertrauen und gegenseitiger Wertschätzung aufgebaut war.

Seine Hochstimmung war auf einmal wie weggeblasen. Wie gern würde er das Rad zurückdrehen und sein Bündel allein tragen.

Nun war es jedoch zu spät!

»Ich war bislang Verräter, Beschützer und auch auf Geld aus. Und alles hing miteinander zusammen.«

Mathildes Mund blieb offen stehen. Offensichtlich verstand sie kein einziges Wort.

Dann begann er mit seiner Aufzählung: Erpressung durch einen großen Lump, Diebstahl, Fälschung, Geldannahme. Dass er dem Unternehmen gar nicht wirklich schaden konnte, weil er ja im letzten Augenblick die Abschrift geändert hatte, hob er besonders heraus.

»Weißt du, was mir eingefallen war?« Wie ein Lausejunge, der etwas ausgeheckt hat, um andere damit zu ärgern, berichtete er mit schelmischem Gesichtsausdruck von der falschen Rezeptur: »Ich hab die Mengen an Waid, Indigo und das von Läuseblut erhöht oder verringert und alle möglichen Chemikalien falsch angegeben. Dabei weiß der eine Färber nichts vom anderen, damit niemand

Außenstehendes was davon erfährt. Auch die Beizmittel hab ich anders, als es in der Rezeptur vorgesehen ist, aufgeschrieben. So kriegen die keine sauberen Färbungen hin.« Radermann lächelte überlegen. »Und über das Bleichverfahren habe ich auch nur ungefähre Angaben gemacht, und womit wir die einzelnen Fasern färben, hab ich so aufgeschrieben, dass sie nicht recht schlau draus werden. Schließlich bin ich für das Unternehmen mit verantwortlich! Und das alles habe ich nur gemacht, damit wir genug Geld für deine Arzneien haben.« Dabei schaute er seine Frau an, die irritiert neben ihm saß.

Über seine Sehnsucht nach einem Leben mit höherem Ansehen sprach Radermann nicht, auch nicht über den Versuch, dem Scherer das Geld abzunehmen. Kessel habe sich hintergangen gefühlt und daher zugeschlagen.

Als er geendet hatte, bat er seine Frau, ihm den völlig verschwitzten Rücken trocken zu reiben.

»Und warum bist du jetzt glücklich?«, fragte sie sichtlich verwirrt über die Ausführungen ihres Mannes.

»Niemand, außer dir, weiß von alldem«, entgegnete er flüsternd. »Kessel wird sich hüten, mich zu verraten. Ich könnte nämlich alles abstreiten, und er würde wegen übler Nachrede endlich rausfliegen. Nun weißt du, warum ich glücklich bin!«

Einen Moment später stand Mathilde schweigend auf, nahm den Korb, in dem sie ihm ein paar Leckereien mitgebracht hatte, und verabschiedete sich kühl mit dem Hinweis: »Morgen wird dich unsere Irmgard besuchen.«

Dann verschwand sie grußlos zwischen den Betten.

# II.

Will Kessel drehte sich im Bett unruhig hin und her, denn irgendetwas störte ihn zu solch früher Stunde. Nicht der Regen, der gleichmäßig auf das Dach prasselte, war die Ursache. Leni konnte es auch nicht sein. Sie schlief unweit Wand an Wand von ihm.

Die Unruhe kam aus der hinteren Kammer, in der sich Hein eingerichtet hatte, seitdem Trudel aus dem Haus war.

Nun stand Hein vor dem Bett seines Vaters und sprach ihn leise an: »Ich bin weg.«

Will war plötzlich hellwach. Sein schwaches Herz machte sich mit heftigem Ziehen in der Brust bemerkbar. »Wohin willst du? Es ist noch stockdunkel! Zu solch früher Stunde gehst du doch noch nicht arbeiten!«

»Nein, Vater, heute und sicherlich auch morgen nicht! Auch sage ich dir nicht, wohin ich gehe und warum, weil du dich dann aufregen würdest!«

Danach verschwand er grußlos.

An diesem verregneten Morgen erreichten vier junge Männer nach einem langen Marsch die Kirche St. Johann in Eynatten. Die kräftigen Gestalten ließen erkennen, dass sie sich nicht zum Vergnügen auf den weiten Weg machten. Ihr Ziel war Eupen, und dort hatten sie vor, weitere Männer zu treffen.

Auf einem kleinen Karren mit einem Esel davor lagen etliche Gepäckstücke, darunter versteckt Knüppel, Sensen und Spaten. Auch ein Gewehr älterer Bauart war dabei, Munition gab es hierfür nicht.

Der Dorfpfarrer war überrascht, etliche Gläubige am frühen Morgen vor seinem Gotteshaus versammelt zu sehen. Kamen doch ansonsten nur wenige zur Frühmesse zusammen, vorwiegend ältere Frauen.

Die heutigen Gottesdienstbesucherinnen waren zwischen den großgewachsenen Männern kaum auszumachen. Schließlich wurde dem Pfarrer klar, dass die Burschen aus einem anderen Grund vor dem Portal standen: Sie wollten sicher Schutz vor dem massiven Regen suchen!

Mit einer freundlichen Geste lud er sie ein, sich während der kurzen Frühmesse auszuruhen und dem Herrgott zu danken, dass sie an einer Andacht teilnehmen können.

Während er mit einem gewaltigen Schlüssel das große Tor öffnete, wollte er noch wissen, woher sie zu so früher Stunde kämen.

»Wir sind allesamt Tuchmacher, genauer gesagt: Tuchscherer und kommen aus Burtscheid. Wir wollen nach Eupen.«

»So, so!«, grummelte er vor sich hin und verschwand in der Sakristei.

Einige Stunden später trafen die Männer in Eupen ein, müde, aber dennoch entschlossen, ihr Vorhaben umzusetzen. Am Stadtbach hatten sich ein paar Männer ihrer Zunft in Arbeitskleidung versammelt. »Die Nachricht von Cousin Jean über das Eintreffen dieser neumodischen Maschinen aus England hat funktioniert und die Verabredung mit den anderen Scherern auf dem Kirmesplatz in Burtscheid auch,« stellte Hein erfreut fest.

Offensichtlich waren die Handwerker am Morgen in den Streik getreten und wollten nun für den Rest des Tages die Arbeit niederlegen. Wie die ankommenden Scherer schienen sie wenig Sorge zu haben, dass ihnen gekündigt würde.

Einer von ihnen trat hervor und erklärte, dass es nun runter in die Unterstadt ginge.

»Habt ihr alles dabei, was wir brauchen?«, sprach er Kessel an, weil dieser bereits als Provokateur aufgefallen war, als er lauthals zum Widerstand gegen die Unternehmer aufgerufen hatte.

Die Scherer zogen zunächst durch Eupens Gassen, vorbei am Stadtbach, bis es schließlich nach einem steilen Aufstieg aus der Stadt heraus ebenso steil wieder hinunter ins Tal von Weser und Hill ging. Dort befanden sich die Tuchfabriken und waren das Ziel der Männer.

Ursprünglich hatte man vorgehabt, die an der Küste angelangten Maschinen bereits in Antwerpen zu beschädigen, so dass sie erst gar nicht bis Eupen, Monschau oder Burtscheid transportiert würden.

Der Gedanke aber war in der Männerrunde auf dem Burtscheider Kirmesplatz als bekloppt verworfen worden.

Nun stand die erste mechanische Tuchschermaschine auf einem Platz vor dem Fabrikgebäude, umringt von der Horde Scherer. Die neuartige Maschine war am Tag zuvor angeliefert worden, zusammen mit einem dampfbetriebenen Kessel. Aus unbekannten Gründen waren sie noch nicht in die Fabrikhalle gebracht worden.

Soeben kam der Unternehmer mit seinem Verwalter aus dem stattlichen Gebäude, das zusammen mit dem großzügig angelegten Vorgarten sehr eindrucksvoll wirkte.

»Was führt euch auf unser Grundstück?«, rief der Unternehmer den Männern aufgebracht zu. »Wer seid ihr und woher kommt ihr?«

Niemand antwortete. Der ein oder andere hustete und spuckte besonders laut aus.

»Los, sag du es ihm!« Damit puffte Hein den Anführer des ortsansässigen Trupps in die Seite.

Als dieser zögerte, brüllte Hein laut über den Platz: »Wir lassen uns unsere selbständigen Arbeitsplätze nicht nehmen!«

Es kam Unruhe auf. »Jawoll!«, ertönte es und »Ausbeuter auf unsere Kosten!« – »Wir legen die Arbeit nieder!« – »Scherer haben eine lange Lehrzeit!« – »Wir wollen kürzere Arbeitszeiten!« – »Zwölf Stunden für Frauen und Mädchen sind unchristlich!« – »Wer soll sich um die Kinder kümmern!?« – »Sie verwahrlosen, wenn ihr keine Schulen einrichtet!«

Um ihren Protest zu unterstreichen, reckten die Männer ihre Fäuste himmelwärts, als würden sie mit dem Herrgott ein Bündnis eingehen wollen.

Dicht am Ohr des Anführers flüsterte Hein: »Die anderen müssen auch mitmachen! Sonst können wir auf das alles hier pfeifen und es bringt nichts. Die Unternehmer verstehen nur eine harte Hand!«

»Sollen wir die Knüppel rausholen, wenn der Unternehmer nicht reagiert?«, fragte der andere zurück.

»Warten wir's ab!«

»Ich fordere euch zum letzten Mal auf, das Grundstück zu verlassen, sonst ...«

»Was – sonst ...?«, fragte ein Schwarzhaariger aus der Menge nach. »Wir wollen, dass wir für gute Arbeit nicht nur unseren kärglichen Lohn bekommen, sondern am Gewinn beteiligt werden!«

Die Köpfe wandten sich ihm zu. Ihre Gesichter waren angespannt.

»Sowas hat sich noch keiner getraut zu sagen«, kam es von Hein anerkennend. »Den brauchen wir, um unsere Forderungen umzusetzen!«

Hein wandte sich nun dem Eselkarren zu. »Bevor es handgreiflich wird und die Fetzen fliegen, bringe ich dich besser in Sicherheit«, sprach er zu dem Esel, der ruhig hinter der Meute wartete.

Hein packte die Deichsel und führte den Wagen etwas abseits. Dann reichte er dem Tier noch ein Bündel Heu und kraulte ihn hinter den Ohren. Schließlich verschwand er wieder in der Menge, die inzwischen mächtig angewachsen war. Arbeiter aus benachbarten Fabriken waren hinzugestoßen, und auch Eupener Bürger hatten sich unter die Protestierenden gemischt.

Inzwischen stritten sich der Unternehmer und sein Verwalter mit immer mehr Arbeitern herum. Deren wiederkehrende Forderungen waren gerechte Löhne, Selbständigkeit und Absicherung im Fall von Krankheit oder Verletzung während der Arbeitszeit.

Hein hatte sich zu dem schwarzhaarigen Scherer vorgeschoben, der ihn mit der Forderung nach Gewinnbeteiligung mächtig beeindruckt hatte.

»Freund«, begann Hein, nachdem er sich als Scherer aus Burtscheid vorgestellt hatte, »deine Forderungen gehen viel weiter, als wir es gehofft hatten. Gesinnungsfreunde nennen sowas ›Revolution‹!«

»Ich weiß nicht, wie man sowas nennt. Ich weiß nur, dass es meiner Vorstellung von Gerechtigkeit und Nächstenliebe widerspricht, wenn ich als Arbeiter den Gewinn des Unternehmers vermehre und selbst nicht daran beteiligt werde. Im Gegenteil: In der Lohntüte ist oft zu wenig drin, weil ihnen dies oder jenes nicht gepasst hat. Die Vorarbeiter sind die Schlimmsten. Die machen nämlich Meldung an das Kontor! Und die Unternehmer halten sich raus, auch wenn einem der Druckkessel um die Ohren geflogen ist. Und so was wie Erholungstage gibt es kaum.«

»Was haben wir also zu verlieren?«, sprach Hein mit Nachdruck.

»Was meinst du: sollten wir nicht nur reden, sondern auch handeln!?« Ohne die Antwort des anderen abzuwarten, brüllte Hein los: »Leute, worauf warten wir? Holt die Knüppel raus und haut die verdammten Maschinen kurz und klein!«

Er bahnte sich einen Weg durch die Menge und verteilte aus dem Eselkarren alles, was sie mitgebracht hatten. Das Gewehr behielt er für sich.

Viele Hände reckten sich ihm entgegen. Dann zogen sie, bewaffnet oder nicht, direkt vor das Fabrikgebäude.

Es begann ein Sturm auf die neumodische mechanische Tuchschermaschine!

Ohne aufgehalten zu werden, hatte die Menge versucht, auf die noch verpackten Scherblätter einzudreschen und auch die Zahnräder des Kessels und die Druckanlage zu demolieren. Es gelang aber weder Hein noch anderen, ohne weiteres an das Gehäuse zu gelangen. Es war sorgfältig durch Latten geschützt, als hätten die Fabrikanten in England geahnt, was sich bald in Deutschland abspielen sollte.

Hein hatte das Gewehr umgedreht und den Kolben als Hammer verwendet. Er war, wie er es von den Revolutionsbildern aus Frankreich her kannte, auf die Maschine geklettert und hob das Gewehr triumphierend wie eine Fahne in den Himmel. Er war in seinem Element.

Noch immer gab es keine Gegenwehr seitens des Unternehmens. Zerstörungswut hatte um sich gegriffen.

Es schien, als wollte so mancher dabei gewesen sein, wenn vielleicht ein neues Kapitel in der Industriegeschichte aufgeschlagen wurde und in den Annalen vermerkt werden würde:

Fabrikarbeiter aus Eupen und Burtscheid versuchen, sich ihr Recht auf menschenwürdige Zustände und den Erhalt ihrer Arbeitsplätze zu erkämpfen! – Scherer wollen ihren Beruf als Lehrberuf beibehalten und schrecken vor Gewalt nicht zurück!

›So oder so ähnlich könnte es klingen, wenn die Begebenheiten wie ein Lauffeuer durch die Region ziehen‹, dachte Kessel.

Plötzlich versuchte sich ein älterer Herr Gehör zu verschaffen. Er war gekleidet mit einem vornehmen Gehrock und trug einen Zylinder. Der gepflegte Bart und das seidene Halstuch wiesen ihn als begütert aus. Seinen Gehstock über dem Kopf schwingend, rief er laut und deutlich: »Haltet ein! Haltet ein!«

Daraufhin kam das zerstörerische Tun für eine Weile zur Ruhe.

»Als Bürgermeister unserer Stadt ersuche ich euch, Ordnung und Frieden einzuhalten!«

»Hört, hört!«, meldete sich Hein lautstark. »Ihr müsst ja keine Angst vor Arbeitslosigkeit haben. Vielleicht habt Ihr neben dem Amt, das eh von den Eupenern bezahlt wird, noch andere Geldquellen? Bestimmt auch eine eigene Tuchfabrik!?«

Die letzten Worte waren im Gejohle und dem Trommeln auf den neuen Druckkessel untergegangen. Die Umstehenden klopften Hein auf die Schultern und ließen ihn hochleben.

Der Unternehmer hatte sich inzwischen wie Schutz suchend neben den Bürgermeister gestellt, als dieser weitersprach: »Ihr ahnt nicht, in welchen Schwierigkeiten die Unternehmen nach den schlimmen Jahren mit den Hungersnöten stecken, besonders, seitdem die Engländer wieder mitmischen.«

»Trotz allem werden teure Maschinen bestellt, mit der Folge, dass ein Arbeitsplatz nach dem anderen wegfällt und das Elend nicht mit anzusehen ist«, unterbrach ihn der schwarzhaarige Scherer aus Eupen.

Aus dem ursprünglichen Protest der Scherer wegen der Benachteiligungen ihres Berufsstandes war ein Aufstand aller Arbeiter gegen die sozialen Missstände in den Tuchfabriken geworden.

Unter dem Beifall und dem zustimmenden Gejohle der Protestierenden hatte sich plötzlich das riesige Werkstor geöffnet. Männer, Frauen und sogar Kinder mit blassen Gesichtern und in verdreckten Arbeitskleidern waren herausgeströmt. Jetzt konnte man deutlich den höllischen Lärm der Maschinen vernehmen, und eine nebelige Dunstwolke folgte den Menschen ins Freie.

»Die zusätzlichen Protestler können wir gut gebrauchen!«, meinte Hein zu seinem Nebenmann, bevor der Bürgermeister nach einem kurzen Austausch mit dem Unternehmer fortfuhr: »Ich werde als Bürgermeister dafür sorgen, dass in Zukunft kein Kind mehr in der Fabrik schwere Arbeit leisten muss. Es soll eine Schule gegründet werden, in der Lesen, Schreiben und Rechnen gelehrt wird.« Dabei blickte er zu dem Unternehmer, der die Ankündigung ohne eine Miene zu verziehen hinnahm.

»Dazu soll der Fabrikant mal was sagen!«, rief jemand aus der Menge heraus. »Wir sind gespannt, ob die Eltern das mitmachen, wenn mehrere Esser im Haus leben, die nichts zum Lohn beitragen!«

»Und das alles ist so, weil die Löhne zu mickrig sind und daher jede Hand zum Überleben beitragen muss«, machte Kessel weiter. »Schande!«

»Wir sind nicht hier, um uns anzuhören, was vielleicht irgendwann kommen mag – wir brauchen jetzt und heute höhere Löhne für die Fabrikarbeiter und für uns Scherer die Garantie, dass wir als freie Handwerker arbeiten können, ohne diese unsäglichen Maschinen.«

Nun meldete sich endlich der Unternehmer zu Wort und sprach aus, was jeder bereits befürchtet hatte: »Eure Forderungen können nicht umgesetzt werden. Die Zeichen der Zeit stehen zu schlecht. Geht wieder an die Arbeit. Die verlorene Arbeitszeit wird euch vom Lohn abgezogen werden – allen!«

Hein spürte Ohnmacht und unbändige Wut gegenüber dem Fabrikanten und seinem rücksichtslosen Gewinnstreben in sich aufsteigen.

»Komm!«, meinte er zu dem Scherer neben ihm. »Wir stürmen das Kontor, wo die Unterlagen für die geplanten Anschaffungen liegen.«

Inzwischen versuchten die Scherer weiter, die stabilen Verpackungen zu zerstören. Die Arbeiter des Unternehmens standen derweilen dicht gedrängt und unschlüssig auf dem Vorplatz und waren sichtlich verunsichert, wie sie sich verhalten sollten.

»Wollt ihr euch gefallen lassen, was euer Fabrikant gerade von sich gegeben hat?«, sprach Hein einen der älteren Arbeiter an. »Sind wir hierhergekommen, um eure schweigenden Gesichter zu sehen? Wir kämpfen auch für euch!«

Der Angesprochene entgegnete: »Aber unsere Arbeitsplätze können verlorengehen! Ich habe eine große Familie und kann nicht protestieren – so gern ich mitmachen würde!«

Kessel war weitergegangen, um den Weg zum Kontor auszukundschaften, als sich unvermutet drei schwergewichtige Männer auf ihn stürzten. Niemand konnte ihm in diesem Moment zu Hilfe kommen. Sie rissen ihm die Arme auf den Rücken, einer von ihnen umfasste seinen Hals und gemeinsam führten sie Hein in das Dunkel der Fabrikhalle hinein.

Kaum hatten sie ihn in einen Nebenraum gesperrt, der durch ein völlig verschmutztes Oberlicht nur spärlich beleuchtet war, ging die Tür auf und der Unternehmer mit seinem Verwalter trat ein. Der Lärm von draußen drang herein.

»Wenn ihr Schlaumeier meint, uns die Pistole auf die Brust setzen zu können, dann habt ihr euch gewaltig geirrt!«, meinte der Unternehmer und blickte Hein böse an. »Noch während ihr euch siegessicher wähntet, habe ich schon die Polizei alarmiert. Ich rate dir, wirrer Blondschopf, keinen Widerstand zu leisten, wenn in Kürze Gendarmen hereinkommen und mit der Vernehmung beginnen. Es würde deine Lage nur schlimmer machen.« Damit verließen beide den Raum.

Hein Kessel fühlte sich wie ein wildes Tier, das man eingefangen und in einen Käfig gesperrt hatte. Gegen seine Gefangennahme konnte er nichts tun.

Von draußen hörte er das Stimmengewirr der Arbeiter, die an ihre Arbeitsplätze zurückkehrten.

Die Tür öffnete sich und zwei Gendarmen traten, zusammen mit dem Verwalter, grußlos ein. An Flucht war jetzt nicht mehr zu denken. Ihre strengen Gesichter und die Bewaffnung deuteten an, dass sie es ernst meinten.

Dem Verwalter schien es zu gefallen, als ›Ankläger‹ aufzutreten, indem er Kessel dazu anhielt, ihm und den Polizisten wahrheitsgemäß Rede und Antwort zu stehen, während der andere Beamte mühevoll die Fakten in ungelenker Schrift zu dokumentieren versuchte.

Nachdem die Formalitäten wie Name und Heins Anschrift in Burtscheid vermerkt waren, brachte sich der Verwalter in Stellung und begann im Wechsel mit einem der Gendarmen die Befragung nach Kessels Beweggründen, sich in Eupen zu versammeln. Insbesondere aber ging es um die Anstiftung zum Aufruhr und Heins Aufforderung, die Maschinen zu beschädigen oder gar zu zerstören.

»Was hast du zu all dem noch zu sagen?«, schloss der Verwalter.

»Ich gebe zu, dass ich an den versuchten Zerstörungen beteiligt war – aber nicht allein! Auch wollte ich die Unternehmer daran erinnern, dass es Menschen sind, ganze Familien, die für sie arbeiten und schlechte Löhne dafür bekommen. Das ist doch nicht verboten, oder!?«

Die Anwesenden schauten Kessel lauernd an, als dieser erneut ansetzte: »Die Maschinen sind für die Arbeitslosigkeit verantwortlich. Armut und Angst vor der Zukunft lassen vor allem uns junge Leute verzweifeln. Dabei kommt das raus, was wir heute erleben!« Hein hatte die letzten Worte mehr für sich als für die Ohren der anderen gemeint.

»Du wirst jetzt so lange in Gewahrsam genommen, bis dich der Richter wieder laufen lässt.«

Hein blickte in die undurchschaubaren Gesichter der beiden Gendarmen. »Mitkommen!«, meinte der, welcher die Befragung durchgeführt hatte. »Und mach uns keine Schwierigkeiten! Von wegen abhauen und so!«

»Ihr tut ja auch nur eure Pflicht«, versuchte Hein die Situation etwas zu entschärfen, was ihm aber nicht gelang.

Der Verwalter grinste ihn triumphierend an. »Du und deine Kumpane, ihr könnt nur hoffen, dass euch der Richter für unzurechnungsfähig erklärt, so, wie ihr euch aufgeführt habt, und ihr nur Hausverbot auf ewig bekommt. Ansonsten müsst ihr wegen Hausfriedensbruch einsitzen. Vielleicht werdet ihr gemeinsam nur für die Reparatur aufkommen müssen. Ihr habt Glück, denn einer unserer Scherer sagte, dass die Scherblätter unversehrt geblieben sind und bei dem Dampfkessel nur ein Ventil weggeflogen ist. Die Maschinen waren nämlich für den Transport über den Kanal stabil verpackt.«

Erleichtert entfuhr Hein ein: »Glück gehabt!«

Der Polizist führte Hein an einer Handfessel aus der Fabrikhalle. Draußen warteten bereits weitere Gendarmen mit Festgenommenen, auch anderen Scherern aus Burtscheid.

Sie wurden zu einem geschlossenen, fensterlosen Pferdewagen geführt. Von dort war es nicht weit zum örtlichen Polizeiposten.

Zwei Tage später standen einige der Scherer vor der Gerichtsbarkeit in Aachen, wo ein einsichtiger Richter für ›Geldstrafe‹ und ›Betretungsverbot sämtlicher Tuchfabriken in Eupen‹ entschied.

## 12.

*Freitag, 29. Juni*

*Ich spüre, dass ich mich verändere. Ich möchte nicht über alles, was ich mit meinen Freundinnen berede, vor Mutter ausbreiten! »Haben die Freundinnen schon Männerbekanntschaften?«, wollte sie neulich tatsächlich hören!*

*Ihre Anordnungen und Nörgeleien, weil ich nicht genug Klavier übe und sie sich ständig von der Lehrerin berichten lässt, ob ich fleißig bin, habe ich satt. Stickereien und die anderen Handarbeiten werden für mich mehr und mehr zum unnützen Zeitvertreib, und mit Vater gerate ich immer wieder aneinander.*

*Ich weiß nicht mehr, wo ich stehe!*

*Mit wem kann ich nur reden?*

Nachdem Kathi das Tagebuch wieder in sein Versteck gelegt hatte, saß sie länger als sonst vor dem Spiegel, bürstete ihr langes blondes Haar und betrachtete nachdenklich ihr Gesicht.

Sie sprach leise mit dem Spiegelbild: »Es wäre so leicht, wenn ich Vater sagen würde, dass dieser Hein die Brosche gefunden hat und sie nur rausrücken will, wenn ich mich mit ihm ein weiteres Mal treffe und einen Kuss tausche. Aber das darf Vater nie erfahren!

Ich bin bereit, mich mit Hein anzulegen, denn ich fühle mich stark.

Das Problem mit der Brosche will ich auf meine Weise lösen! Oder verbindet mich bereits mehr mit ihm?«

Während sie zu ihrem Spiegelbild gesprochen hatte, war plötzlich über ihrer linken Schulter wie aus einer Nebelschwade Heins Gesicht erschienen und rechts das ihrer Mutter. Zu Tode erschrocken drehte sie sich um.

Aber dort war nur die Zimmerwand.

Der Sonntag war gekommen. An solchen Tagen ruhte nach dem Kirchgang und dem ausgiebigen Essen das Leben in der Familie.

Kathi hatte kaum etwas angerührt, was ihrer Mutter nicht entgangen war, offensichtlich auch nicht ihr wiederholter Blick zur Standuhr.

Sie war froh, als das Mittagsmahl endlich beendet war und weitere Fragen ausblieben. Zuvor hatte sie ihrer Mutter versichert, die Stunden mit Üben auf dem Klavier und Fertigstellen der Stickereien verbringen zu wollen.

Ihren Vater fand sie nun im Herrenzimmer schnarchend vor, gehüllt in eine wohlriechende Wolke aus Zigarrenrauch und Cognac. Ohne ihn zu stören schloss sie leise wieder die Tür.

»Grüß Onkel und Tante in Laurensberg«, verabschiedete sie sich mit einem flüchtigen Kuss auf die Wange ihrer Mutter.

In Gedanken war sie bereits unterwegs in Richtung Adlerberg.

Bald stand sie vor dem letzten Haus in der schmalen Gasse, bevor eine Wiese und angrenzend ein Waldstück begann. Hier also hat er zusammen mit Meister Johann das Handwerk ausgeübt, bevor seine Welt aus den Fugen geriet, dachte Kathi und machte sich daran, über einen winzigen, verwilderten Vorgarten an die Tür des schmalen Hauses mit dem heruntergezogenen Dach zu treten.

Das Herz hämmerte ihr bis zum Hals, als sie den Türklopfer gegen das Metall schlagen ließ. Nichts rührte sich. Nach einem weiteren Versuch kamen in ihr Zweifel auf, Zeit und Ort richtig verstanden zu haben. ›Beobachtet er mich? Will er mich zappeln lassen, um mir seine Überlegenheit zu zeigen?‹, ging es ihr durch den Kopf.

Vorsichtig schaute Kathi durch das Fenster neben der Haustür. Es gab nichts als einen großen Tisch, ein paar

Halterungen für Werkzeuge, wie sie vermutete. Auf einem kleinen Regal standen ein paar Bierkrüge.

Sie wollte wieder gehen. Eigentlich fühlte sie sich ein wenig erleichtert, anderseits hatte sie die Brosche noch nicht zurück, und das bereitete ihr weiterhin große Sorge. Was ist, wenn er sie verliert, fragte sie sich. Schließlich scheint er sie ständig als Pfand in der Hosentasche mit sich herumzuschleppen. Oder er verscherbelt das Schmuckstück, um seinen kümmerlichen Lohn aufzustocken? Zuzutrauen würde sie es ihm!

Dennoch wollte sie sich noch einmal bemerkbar machen.

Gerade hatte sie den Türklopfer in der Hand, als die Tür von innen entriegelt wurde und langsam aufging. Hein stand vor ihr: unrasiert, das Haar wirr im Gesicht und angezogen, als habe er die Kleidung seit Tagen nicht gewechselt. Er war barfuß.

Beide sagten im ersten Moment nichts.

»Willst du mich an der Haustür stehenlassen?«, fragte sie und lächelte Hein an. Jetzt erst bemerkte sie, dass sie womöglich zu freundlich zu ihm war.

Sein Blick war nicht so starr, wie sie es bisher erlebt hatte.

»Komm rein!« Damit verschwand er im Inneren. Es roch nach Schweiß, Bier und Chemikalien.

Kathi folgte ihm zögernd und stand in einem kleinen Raum hinter der ehemaligen Werkstatt. Dort muss er die Nacht und die Zeit bis jetzt verbracht haben, denn etwas wie eine unordentliche Bettstatt aus Decken und Tüchern lag auf dem roh gezimmerten Bretterfußboden.

Katharina war es unheimlich zumute. Hein schien sie nicht wirklich wahrzunehmen. Was nur mit ihm los war, überlegte sie fieberhaft.

Erst als er durch eine Hintertür ins Haus zurückkehrte, wo er vermutlich das Plumpsklo aufgesucht hatte, schaute er sie direkt an.

»Na, hat dich die Mutter gehen lassen? Weiß sie, mit wem du dich triffst?« Jetzt bemerkte sie wieder seinen besonderen Blick und das herausfordernde Grinsen im Gesicht, als er vor ihr stand, das Hemd in die Hose stopfte und seine Hosenträger richtete.

»Sollte ich meinen Eltern gesagt haben, mit wem ich mich treffe? Ich bin sicher, dass Vater dich sofort rausschmeißen würde und nicht so nachsichtig wäre wie neulich, als du das Fest gestört hast«, antwortete sie mit fester Stimme. »Warum hast du in diesem Loch übernachtet? Darfst du zuhause nicht mehr zur Tür rein?«

»Ich … ich war zwei Tage im Gefängnis«, erwiderte er ziemlich kleinlaut. »Man hat mich und ein paar andere Scherer festgenommen. Wegen Aufruhr und versuchter Beschädigung von neuartigen Maschinen aus England. Ein gnädiger Richter hat uns wieder laufen lassen. Wir müssen aber die Schäden bezahlen, und ich weiß nicht, wo ich das Geld dafür herkriegen soll. Wenn es nicht klappt, würde ich tatsächlich im Gefängnis landen. Meine Arbeitsstelle ist dann futsch. Dann bin ich erledigt.« Nach einem Moment sprach er wie zu sich selbst: »Vielleicht hau ich ab!«

Kathi war überrascht, in welche Situation er sich gebracht hatte. Irgendwie tat er ihr leid, hatte er sich doch nicht für sich nur, sondern auch für andere Tuchmacher eingesetzt.

»Warum seid ihr überhaupt nach Eupen gegangen? Wollt ihr mehr Lohn? – Anteil am Gewinn? – Sind es die Ideen der Studenten, denen ihr nacheifert? Mein Vater hat schon mal davon erzählt. – Oder ist es gar euer verletzter Stolz, als Scherer jetzt nur Arbeiter zu sein? – Oder alles zusammen?«

»Ich glaube, das verstehst du als Mädchen nicht. Zeig mir besser auf andere Weise, dass du dich für mich als Scherer interessierst!«

Ihr wurde mulmig, als sie das hörte.

»Sag mir einfach deine Gründe. Vielleicht verstehe ich es – oder auch nicht«, drängte sie, ohne auf seine Anmaßung einzugehen. »Wir werden sehen …«, versuchte sie die Situation zu entschärfen. Durch die Nähe der Haustür verspürte sie eine gewisse Sicherheit.

Kathi rührte sich nicht vom Fleck.

Hein war in der Schlafkammer verschwunden.

Sie sprach laut in seine Richtung: »Ich erinnere dich daran, dass ich die wertvolle Brosche zurückhaben muss. Du hast es für heute versprochen. Sollte ich sie nicht bekommen, werde ich es meinem Vater melden müssen. Was das bedeutet, kannst du dir ausmalen!«

»Und was hast du versprochen, als wir uns an der Walkmühle getrennt hatten?«, zischte er zurück. »Nichts zu sagen allerdings bedeutet bekanntlich Zustimmung!«, kam es in überraschend freundlichem Ton aus der Kammer. Hein sprach wie ein junger Mann, der mit seiner Braut scherzte.

Trotzdem spürte Katharina nach wie vor Ohnmacht gegenüber diesem abgebrühten Kerl, der im Gegensatz zu ihr wenig zu verlieren hatte. Doch seinen Arbeitsplatz könnte er loswerden. Radermann wird wissen wollen, warum er tagelang nicht zur Arbeit gekommen ist. Erstaunlich, dass nach der Prügelei während des Festes kein Rauswurf erfolgt war. Hatte jemand für ihn gesprochen und ihn geschützt? Ihr Vater bestimmt nicht!

»Du bekommst die Brosche«, erklang es von nebenan, »wenn du dich jetzt küssen lässt. Es kommt allerdings darauf an, wie du dich anstellst, ob du willig bist oder dich zierst! Hat dich eigentlich schon mal ein Mann richtig geküsst, so mit Leidenschaft?«, wollte er weiter wissen. Er schien Spaß daran zu haben, ihr seine Fantasien zu erzählen, in denen sie offensichtlich vorkam.

Ohne ihre Antwort abzuwarten, stand er plötzlich vor ihr und starrte sie an.

»Erst die Brosche!«, forderte sie.

Hein, vor lauter Gier, die Reaktion ihres Körpers zu spüren, war unvorsichtig geworden. Er langte in die Hosentasche und präsentierte das Schmuckstück siegessicher in der Handfläche. Blitzschnell langte Kathi zu, entriss es ihm, steckte es in ihren Ausschnitt und war auf dem Sprung zur Tür.

Hein reagierte umgehend mit zwei wuchtigen Ohrfeigen. Kathi taumelte. Sie hörte noch sein wutentbranntes Zischen: »Dir werd ich's geben!«

Eine noch nie erlebte Wut erfasste ihren gesamten Körper. Ohne zu zögern jagte sie ihm ihr Knie wuchtig zwischen die Beine. Mit einem Schmerzensschrei sackte Hein zusammen. Ein weiterer Tritt mit dem Schuh in den Bauch folgte. Er taumelte, und sie floh zur Tür.

Fast hatte sie den rettenden Ausgang erreicht, als sie von seinen Händen gepackt wurde. Ein Arm legte sich um den Hals und nahm ihr die Luft. ›So muss sterben sein!‹, dachte sie verzweifelt und spürte, wie ihre Beine wegsackten.

Hein schleifte sein Opfer die kurze Strecke zum Lager und warf sich auf sie. Kathi merkte noch, wie ihr das Kleid hochgerissen wurde. Sie hörte das unheimliche Keuchen ihres Peinigers und spürte einen entsetzlichen Schmerz im Unterleib, bevor sie bewusstlos wurde.

Als Kathi die Augen öffnete, fand sie sich im ersten Moment nicht zurecht. »Wo bin ich? Was ist mit mir passiert«, murmelte sie verwirrt.

Als sie sich umblickte und die verschmutzten Tücher und Decken sah, auf denen sie lag, brach Ekel, Verzweiflung und Hoffnungslosigkeit über sie herein. Erschrocken fragte sie sich, ob ihr Peiniger noch in der Werkstatt lauerte oder verschwunden war? Er würde auch nicht vor einem Mord zurückschrecken, um seine Tat zu vertuschen, dessen war sie sich sicher. ›Wem kann ich mich anvertrauen? Wie kann man den Vergewaltiger einfangen und vor Gericht stellen? Ich werde dafür sorgen, dass er einer gerechten

Strafe zugeführt wird! So wahr mir Gott helfe!‹, schwor sie sich. In Kathis Kopf überschlugen sich die Gedanken. Und für so jemanden hatte sie geschwärmt. Tränen liefen über ihre Wangen. Aber, sie hatte die Brosche wieder, war ihr einziger Trost.

Um sie sich anzuschauen und an ihr Kleid zu heften, fasste sie in ihren Ausschnitt. Sie tastete das Kleid ab. Das Schmuckstück war weg! »Ob er die Brosche dort gefunden hat? Oder vielleicht war sie bei meinem Sprung zur Tür weggeschleudert worden?«

Auf allen Vieren kriechend suchte sie verzweifelt den Boden ab und hob die Decken des Lagers hoch, wobei der Gestank nach Schweiß fast unerträglich war.

Jetzt erst schaute sie an sich herunter. Eilig richtete sie das völlig zerknitterte Kleid und ihre Unterwäsche zurecht und suchte nach einem ihrer Schuhe. Kaum in der Lage sich zu bewegen, schleppte sie sich zur Tür. Sie war verriegelt. ›Warum hat dieses Scheusal mir das zusätzlich angetan? Ist er gestört worden? Vielleicht will er zurückkommen, um mich beiseite zu schaffen‹, überlegte sie. Panik kam in ihr auf, zu der die unheilvolle Stille beitrug.

Kathi suchte verzweifelt nach einem Ausgang, bis ihr einfiel, an der Rückseite des Hauses eine Tür zu suchen. Tatsächlich, dort war eine. Sie ließ sich öffnen, und plötzlich stand sie in einem kleinen Gemüsegarten, von dem aus ein Pfad zur Gasse führte.

Trotz ihrer schlimmen Lage war sie zutiefst erleichtert darüber, der unmittelbaren Gefahr entkommen zu sein.

# 13.

»Hein, alles, was du mir über euren Protest in Eupen erzählst, kann ich nicht billigen! Ihr versündigt euch! Haben deine Mutter und ich oder die anderen verbliebenen Heimarbeiter angefangen zu randalieren, als die Konkurrenz durch die wachsenden Unternehmen immer größer wurde? Unser riesiger Webstuhl und die beiden Spinnräder haben uns das gesamte Arbeitsleben hindurch begleitet. Sie gehörten einfach zu uns – wie ihr, unsere Kinder. Es war eine harte Zeit, mit vielen Entbehrungen. Schließlich konnten wir durch unsere gute Arbeit überzeugen. Als der Unternehmer neue Wege ging, erhielten wir besondere Aufträge. Wir wollten aber das bestehende System nicht über den Haufen werfen, sondern das Beste draus machen. Und so war es richtig!«

Will hatte sich aufgeregt und musste seinen Redefluss mehrmals wegen Atemnot unterbrechen.

»Vater, die Zeiten sind andere geworden. Wir lassen uns heute nicht mehr gefallen, was für euch selbstverständlich war. Die Welt ist anders geworden. Die Zeit drängt. Es muss Veränderungen geben.«

»Bedeuten deine Worte, dass du weggehst?«

»Ja, ich will weg sein, bevor mich Brammertz rauswirft.«

»Das ist eine schlimme Nachricht für mich. Für dich ist es vielleicht der richtige Weg. Das weiß nur der Himmel …« Will seufzte und blickte müde zu Boden. »Trotz allem: ich werde immer an dich glauben, wohin du auch gehst. Hein, du bist ein guter Junge!«

Warmherzige Worte dieser Art hatte er seit dem Tod seiner Mutter nicht mehr gehört. Eigentlich hatte er sie auch nicht verdient. Er hatte bisher schon viel Schuld auf sich genommen – und jetzt auch noch ein schweres Verbrechen begangen. Tief in seinem Herzen war ihm zum Heulen zumute. Und dazu noch seinen Vater krank, schwach und ahnungslos zu sehen! Hein verfluchte sich und die ganze Welt.

»Ich werde nicht fragen, wohin du gehen wirst, denn deine plötzliche Abreise hat sicherlich einen tieferen Grund.« Will schluckte. Dann flüsterte er: »Nun will ich dir trotz allem meinen väterlichen Segen mit auf den Weg geben. Komm zu mir.«

Hein trat etwas verlegen nahe an seinen Vater heran. Dieser nahm dessen kräftige Hände in seine und sagte bewegt: »Gott mit dir, auf allen deinen Wegen!«

Wortlos ging Hein in seine Kammer und kramte nach ein paar Habseligkeiten. »Vater, grüß Leni«, und strich diesem über die Schulter. Ohne noch einmal zurückzuschauen verließ Hein sein Elternhaus.

# 14.

Katharina war auf dem Weg zu ihrem Lieblingsplatz durch die Scheuergasse zum Wurmbach gelangt und hatte bald den Klosterweiher erreicht, wo sie sich, hinter Büschen versteckt, am Ufer niederließ.

›Ich werde das, was mit mir passiert ist, ins Tagebuch schreiben. Die Eltern werden erfahren, dass sich ihre Tochter mit Kessel eingelassen hat und er ein Vergewaltiger ist. Vater wird alles daransetzen, ihn sofort verhaften zu lassen. Wenn es dann nicht zu spät ist …‹ Tränen stürzten hervor, ›… vielleicht werde ich bald nicht mehr da sein. Niemals werde ich diese Schmach überwinden können! Und noch immer hat Kessel die Brosche!‹

Es dauerte eine Weile, bis sich Kathi gesammelt hatte. Dann ging sie den sanften Hang bis zum Ufer hinunter und versuchte in dem ruhigen Gewässer ihr Gesicht als Spiegelbild zu erkennen. Erschrocken wandte sie sich ab, denn es war nicht sie, die ihr entgegenblickte!

Der Ort döste in der sonntäglichen Ruhe dahin. Niemand ahnte, welche Last die junge Frau mit sich trug, die nahezu unbemerkt dem Elternhaus entgegenging und inzwischen einen furchtbaren Plan gefasst hatte.

Da ihre Eltern zu Besuch bei Tante und Onkel waren und die Hausangestellten am Sonntagnachmittag für einige Stunden frei hatten, konnte Kathi ohne gesehen zu werden in ihr Zimmer zurückkehren.

Sofort nahm sie mit zitternden Händen ihr Tagebuch aus dem Versteck und schrieb alles auf, was sie in den letzten Stunden und an den vorangegangenen Tagen erlebt hatte.

Sie schilderte das Zusammentreffen mit Hein Kessel im elterlichen Park an ihres Vaters Geburtstag, dass der herumlungernde Scherer in den Besitz der Brosche gekommen war, mit der er sie seitdem erpresste und wie sie ihre Mutter daraufhin belogen hatte.

Sie schilderte, wie sie sich immer stärker in ein Netz aus Erpressung, Selbstüberschätzung und eine Art von Bewunderung für den Freigeist verstrickte.

Sie schilderte, wie es zur Katastrophe der Vergewaltigung gekommen war, für die es keine Rechtfertigung gab.

Kathi klappte das Tagebuch zu.

Sie hatte geschrieben, was es festzuhalten gab!

Das bestgehütete Geheimnis würde ab jetzt keines mehr sein.

Nun riss sie eine leere Seite aus ihrem Tagebuch heraus und begann zu schreiben. Die Angst vor dem, was damit ins Rollen geraten würde, begleitete ihre zitternden Hände und trieb ihr die Tränen in die Augen.

*Burtscheid – Sonntag, den 1. Juli*

*Liebe Eltern, in meinem Tagebuch könnt ihr lesen, was mit mir passiert ist und wer so tief in mein Leben eingegriffen hat.*

*Weil ich meinte, ohne eure Hilfe mit dem Kessel fertig zu werden, bin ich in diese Situation geraten. Oder war es, weil eure Ansichten nicht mehr zu mir passten und ich innerlich dem Rebellen mehr zugetan war als euch?*

*Ich werde mit der Schande nicht leben können, die ich mir selbst zuzuschreiben habe.*

*Lebt wohl – und Dank für all die schönen Jahre. Betet für mich!*

*Sucht mich nicht – Ihr werdet mich nicht finden!*

*Eure Kathi*

Nachdem sie den Brief beendet hatte, legte Kathi ihn wie in einer feierlichen Zeremonie zusammen mit dem Schlüssel und dem Tagebuch in einen Briefumschlag und verschloss ihn.

Dann lief sie wie gehetzt zum Schreibtisch ihres Vaters, zog die Schublade auf und fand, was sie suchte: den Schlüssel zum Lager der Chemikalien. Ein leeres Gefäß mit Korkenverschluss hatte sie sich vorher aus der Küche geholt.

Im Keller angekommen, öffnete sie lautlos die Tür zu diesem geheimnisvollen Ort, den sie bislang nie beachtet hatte.

Im Halbdunkel lief sie an den Bottichen vorbei, bis sie den gesuchten mit der Aufschrift *Blau* fand.

Dämpfe stiegen zu ihr auf. Kathi tunkte langsam das mitgebrachte Gefäß in die Flüssigkeit, verschloss es sowie auch den Bottich. Dann kehrte sie unbeobachtet wieder in ihr Zimmer zurück, nachdem sie den Schlüssel in die Schublade zurückgelegt hatte.

Kathis letzte Momente im Elternhaus verliefen hektisch. Keinesfalls wollte sie mit ihren Eltern oder Isolde und Elisabeth zusammentreffen.

Eilig wechselte sie ihr Kleid gegen eines, das sie meist bei der Gartenarbeit trug, wenn sie dem Gärtner geholfen hatte, Sträucher zu schneiden, Beete aufzuhacken und sich um die Färberblumen zu kümmern. Der grobe, ungefärbte Stoff aus Schafwolle roch nach Erde und erinnerte sie daran, dass der ältere Mann viele Einzelheiten über die Pflanzenwelt des Parks wusste. Ihre eleganten Schuhe, die sie anbehielt, passten nicht zu dem einfachen Kleid. Im Garten hatte sie stets grob geschnitzte Holzpantinen getragen.

Trotz ihrer Eile wollte sie Abschied von all dem nehmen, das ihre Kindheit und Jugend begleitet hatte: Noch einmal strich sie über das Lager ihres alten Freundes, dem Kater, der vor einem Monat gestorben war und dem sie immer noch nachtrauerte.

Noch einmal betrat Kathi vorsichtig, als würde jemand hinter den Türen lauern, Speisesaal und Herrenzimmer mit den unverwechselbaren Gerüchen von Zigarrenrauch, Cognac und dem Duft der feinen Gewürze.

Noch einmal kehrte sie in ihr Zimmer zurück und setzte sich aufs Bett. Ihre alte Lieblingspuppe aus gefärbter Wolle, bis zur Unkenntlichkeit zerdrückt, blickte sie vom Kopfkissen her mit ihrem verbliebenen Auge traurig an.

Kathi legte für einen Moment die Hände vor ihr Gesicht, um Etappen ihres bisherigen Lebens an sich vorüberziehen zu lassen: Der lange Tod von Claudius und das Leid der Eltern waren in ihrem Gedächtnis fest verankert. Dabei fragte sie sich, ob besonders ihre Mutter so etwas ein weiteres Mal verkraften könnte. Bei dem Gedanken zog sich ihr Herz zusammen.

Ihre Kommunionsfeier mit den vielen Geschenken und der Fröhlichkeit der Gäste drängte sich ins Bild. Aber auch die Besuche bei Verwandten in Stolberg, Monschau oder Laurensberg, wobei diese Stunden oft von unendlicher Langeweile geprägt waren.

Je älter sie wurde, desto weniger legte sie Wert auf die Fürsorge ihrer Mutter, die oftmals verbunden war mit Strenge zum vermeintlichen Wohl der Tochter, aber auch um das Ansehen der Familie in bestimmten Kreisen der Gesellschaft zu sichern. Das lehnte sie zunehmend ab, war sich aber durchaus bewusst, dass es ihre Mutter gut meinte. »Und Vater habe ich nur am Rand wahrgenommen«, sprach sie halblaut zu sich und schüttelte den Kopf. »Das Unternehmen stand für ihn immer ganz oben auf der Liste. Wahrscheinlich wusste er nichts Rechtes mit mir anzufangen.«

Nach einer Weile fragte sie sich, was geschehen würde, wenn sie hier sitzen bliebe, um auf die Rückkehr der Eltern zu warten und ihnen alles zu erzählen. Wäre es eine Befreiung von ihrer kaum zu ertragenden Last, wenn sie sich Schutz suchend an die Mutter kuschelte, während Vater schäumend vor Wut und Enttäuschung Gott und die Welt verfluchte?

Dieser Gedanke als Ausweg zu dem, was sie vorhatte, trieb ihr die Tränen in die Augen. Nein, sie würde nicht in Selbstmitleid verfallen, sondern weiter ihren Weg gehen, egal wie schwer er ist.

Wenige Minuten später verließ eine junge Frau eilig den prächtigen Wohnsitz der Familie Brammertz. Mit einem tief ins Gesicht gezogenen karierten Tuch und gekleidet in grobem Stoff aus Wolle, hätte sie auch als Bäuerin auftreten können, wären nicht die unpassenden Schuhe gewesen.

In einer Umhängetasche trug sie mit sich, was ihr die Möglichkeit gab, ihr Schicksal selbst zu bestimmen.

# 15.

Es war Abend geworden. Die zurückgekehrten Eltern riefen nach Katharina, doch niemand des Hauspersonals hatte sie gesehen. Schließlich beruhigten sie sich damit, dass sie mit einer ihrer Freundinnen unterwegs sein könnte.

Als die Dunkelheit hereinbrach, wurde Henriette zunehmend besorgter. Sie beschloss, im Zimmer ihrer Tochter nachzusehen, ob es Anhaltspunkte für ihre Abwesenheit geben könnte.

Ihre düstere Ahnung bewahrheitete sich: Auf dem kleinen Tischchen neben Kathis Bett lag gut sichtbar ein Briefkuvert, gerichtet an die Eltern.

Vorsorglich setzte sich Henriette aufs Bett. Mit zitternden Händen öffnete sie den Umschlag, ahnend, dass er eine schlimme Nachricht enthalten könnte, war doch Vergleichbares bisher noch nie vorgekommen. Hastig überflog sie die Eintragung im Tagebuch, das sie nun erstmals in ihren Händen hielt.

Wie erstarrt blickte Henriette auf die Zeilen, die sie soeben gelesen hatte und konnte es nicht wahr haben. Verzweifelt warf sie sich auf das Bett ihrer Tochter und wusste, dass nichts mehr so sein würde wie bisher.

Ihr Mann erblickte sie durch die geöffnete Zimmertür, trat ein und nahm ihr vorsichtig den Brief aus der Hand. Mit Entsetzen las Brammerzt die Nachricht. Hilflos, mit versteinertem Gesicht, saß er neben seiner Frau, die zusammengekrümmt, schluchzend und bleich im Gesicht auf dem Bett lag und zu keiner Handlung fähig war. Es war den Eheleuten, als müssten sie ein zweites Mal Abschied von einem Kind nehmen.

»Ich werde umgehend die preußische Polizei zu dem Kessel schicken«, flüsterte Brammertz seiner Frau zu. »Vielleicht kann man ihn noch erwischen, zumindest seinen Vater befragen, sollte der missratene Sohn und Verbrecher bereits über alle Berge sein.«

Im Stall des Branderhofs saß derweilen Trudel Kessel auf ihrem Melkschemel zwischen all den Kühen, die sie tagtäglich versorgte. Um die Sommerhitze im Stall zu mildern, hatte sie das Tor zur Weide offen gelassen.

Während der vertrauten Handgriffe des Melkens konnten ihre Gedanken abschweifen. Sie dachte an zu Hause und machte sich Sorgen um den Gesundheitszustand des Vaters, der, geschwächt am Herzen, Opfer des jahrzehntelangen Umgangs mit den hauchdünnen Fasern der Wolle war und Heilung nicht in Sicht kam. Er wurde zunehmend gebrechlich. Lediglich sein recht kräftiger Körper hatte ihn davor bewahrt, noch früher ernsthaft zu erkranken.

Hein, der Älteste und das schwarze Schaf der Familie, bereitete dem Vater große Sorgen, das wusste sie von Schwester Leni, die sie öfter besuchen kam. Nach ihren Erzählungen stand Heins Verhalten nicht im Einklang mit den berechtigten Forderungen der Scherer und Färber.

Trudel war sich jedoch nicht sicher, ob sie nicht ähnlich wie ihr Bruder auch gegen die Zustände in den Fabriken protestiert hätte – nur nicht so aufrührerisch!

In diesem Augenblick vernahm sie ein ihr unvertrautes Geräusch. Es war nicht das metallene Klirren der Ketten an den Hälsen der Tiere, wenn sie die lästigen Fliegen zu verscheuchen versuchten, auch nicht das Klappern des Stalltors im milden Sommerwind.

Hinter dem Bauch der Kuh, mit deren Euter sie gerade beschäftigt war, tauchten, raschelnd im ausgelegten Stroh, zwei grobe Schuhe und Hosenbeine auf.

Erschrocken ließ Trudel die Zitzen los, löste blitzschnell den Gurt ihres einbeinigen Melkschemels, packte ihn und erhob sich, bereit, jeden Eindringling niederzuschlagen.

Beinahe wäre sie erleichtert in Lachen ausgebrochen, hätte sie nicht das ernste Gesicht ihres Bruders auf der anderen Seite der Kuh erkannt, der sofort den Finger an die Lippen legte zum Zeichen, dass er mit ihr keinen Schabernack spielen wollte, wie er es früher öfter getan hatte.

»Ich bin auf der Flucht!«, raunte er ihr zu, ohne die Regung seiner Schwester abzuwarten. »Lass mich für diese Nacht in eurer Scheune bleiben. Ich muss vorher noch mal in die alte Werkstatt von Meister Johann am Adlerberg. Da hab ich Geld versteckt. Dort kann ich aber nicht schlafen. Ist zu gefährlich. Und … nach Hause kann ich nicht mehr!«

Trudel verschlug es beinahe die Sprache. »Was hast du Schlimmes verbockt, dass du flüchten musst?«, fragte sie zögerlich. »Ist die Polizei hinter dir her?« Sie spürte, dass es Hein ernst war.

Ohne auf seine Antwort zu warten, deutete Trudel auf die Leiter am Ende des Stalls. »Kletter da rauf. Dort bist du erst mal sicher. Ich werde dir was zu essen bringen. Vor Sonnenaufgang solltest du aber weg sein, sonst läufst du Karl in die Arme, der dann die Kühe versorgt. Nun sag, Hein«, flüsterte sie, »wohin flüchtest du – in Wirklichkeit? Und wovor?«

»Erst mal in Richtung Verviers«, log er und wusste, dass seine Schwester ein hohes Risiko auf sich nahm, wenn sie einen Gesuchten versteckte.

»Und dann?«

»Was ich dann tue, ist mir noch nicht klar. Aber ich habe vor abzuhauen – am liebsten weit weg! Ich verabschiede mich von dir – vielleicht auf immer!«

So heimlich und überraschend wie Hein in den Kuhstall gekommen war, so unauffällig war er wieder verschwunden und ließ seine verwirrte Schwester zurück, die erneut den Gurt umlegte und mit Tränen in den Augen weiter die Kuhzitzen über den Eimer hielt und ihrer Arbeit nachging.

## 16.

Grobe Faustschläge gegen die Haustür schreckten Wilhelm Kessel aus seinem Sessel hoch. Er war ein wenig eingenickt. Die Aufregung der letzten Stunden hatten ihn erschöpft.

»Ja, ja, ich komme schon!«, reagierte er verärgert auf ein weiteres unbarmherzig lautes Klopfen. Als er den Riegel zurückgeschoben hatte, wurde die Tür nach innen gestoßen und zwei bewaffnete Gendarmen stürmten herein.

»Polizei! – Wo ist Ihr Sohn Hein?«, wollte der eine in strengem Ton wissen, während der andere bereits im Nebenraum verschwunden war. »Es liegt eine Anzeige wegen Vergewaltigung einer jungen Frau vor und Unterschlagung«, warf der Polizist dem völlig verängstigten Wilhelm Kessel an den Kopf, der daraufhin auf den Stuhl sank und schluchzend seine Hände vor das Gesicht presste.

»Als Vater des Gesuchten wissen Sie bestimmt, wo er sich befindet!« Damit drang der Polizist auf Will ein.

»Nichts weiß ich, nichts – und ich möchte es auch nicht wissen!«

In dem Moment kam dessen Kollege mit einem Zettel in der Hand aus Heins Kammer:

Vater , ich hau ab. Die Pohlizei wird mich balt suchen. Ich habs nicht fertich gebracht es dir ins Gesicht zu sagen. Deshalb der Zettel.
Ich hab eine Prosche, die gehört mir abba nich...
Ich geh nach Verviers.
Verzei mir, was ich dir grad antu!
Tut mir leit, das ich dein schwaches Herz noch mer belaste.
Hein

»Von … diesem Zettel … weiß ich … nichts«, stotterte Will erschrocken. »Hein muss ihn so hingelegt haben, dass ich oder Leni ihn nicht sofort finden konnten.«

In diesem Augenblick betrat Leni das Haus und war verwundert über die unbekannten Männerstimmen, bis sie verstand, wer sich in der Stube aufhielt.

Als erstes versuchte sie ihren Vater zu beruhigen, der röchelte und nicht mehr sprechen konnte. Ein erneuter kräftiger Hustenanfall hatte ihm die Kräfte geraubt. Sie fragte einen der Polizisten, ob es sich um die ausstehenden Schulden ihres Bruders bei der Tuchmacherei in Eupen handele.

»Davon wissen wir nichts! Wir suchen Hein Kessel wegen schwerem Verbrechen.«

»Schande … Schande!«, gab ihr Vater noch von sich, rang nach Luft und kippte seitwärts. Ihr beherzter Zugriff verhinderte den Sturz vom Stuhl.

Die Polizisten und Leni trugen den alten Mann zu seinem Bett.

Wilhelm Kessel war tot.

Schweigend verließen die beiden Polizisten die Weberkate. Sie hatten Leni noch empfohlen, umgehend Bestatter und Pfarrer zu benachrichtigen. Eine Bescheinigung über den natürlichen Tod ihres Vaters würde die Polizeiwache ausstellen.

Nachdem die verzweifelte Leni den Pfarrer aufgesucht und ihn über den Tod ihres Vaters in Kenntnis gesetzt hatte, ging sie noch zum Bestatter, um mit ihm alles Nötige zu besprechen. Wie er sagte, würde er sich noch am Abend um den Leichnam kümmern.

Leni gruselte es, als sie die Haustür öffnete und wusste, dass in der Kammer der tote Vater lag.

Als Leni ihn aber mit entspanntem Gesichtsausdruck und wie friedlich schlafend auf seinem Bett liegen sah, nahm sie seine kühlen Hände und schüttete ihm mit tränenerstickter Stimme ihre Sorgen aus: »Vater, jetzt hast auch du uns verlassen. Was soll nur aus uns werden? Das mit Hein ist so schrecklich. Ob du wohl ein Testament gemacht hast? Wird unsere übriggebliebene Familie auseinanderfallen? Wie werde ich nun weiterleben? Wo werde ich Arbeit finden, wo ich nicht mehr für dich sorgen muss? In einer Fabrik?«

Überwältigt von Trauer und Trostlosigkeit war sie, auf einem Schemel sitzend, in einen leichten Schlaf hinübergewechselt, als es an der Haustür klopfte. Pfarrer und Bestatter waren zur selben Zeit eingetroffen: der eine zur Aussegnung, der andere zum Einsargen.

Inzwischen war es Nacht geworden, und für Leni begann ein neuer Lebensabschnitt.

Früh am Morgen des nächsten Tages war Leni am Branderhof aufgetaucht. Auf dem Weg dorthin hatte sie überlegt, welche der beiden Nachrichten für ihre Schwester und ihren Verlobten schlimmer sein würde.

Großen Schreck, Trauer und Verzweiflung hatte die Nachricht vom plötzlichen Tod ihres Vaters bei Trudel ausgelöst, als sie hörte, was alles geschehen war. Selbst Karl, der mit dem Vater seiner Verlobten nicht so recht klar gekommen war, weil er nur Knecht war und nicht wie Hein ein Scherer, zeigte große Betroffenheit.

Als Leni zögerlich und stockend die vollständige Wahrheit über den Bruder mitgeteilt hatte, wurde die Stimmung eisig: der Zettel war zum Beweis für die Schuld ihres Bruders gegenüber dem Tuchfabrikanten Leonhard Brammertz und seiner Familie geworden.

Trudel hatte sich gegen Karls massive Vorwürfe über ihre Eigenmächtigkeit bei der Hilfe für Hein damit verteidigt, dass sie nichts von seinem gottlosen Verbrechen gewusst hatte.

Noch vor Morgengrauen war er die Leiter zum Heuboden hinabgestiegen, hatte die Dunkelheit nutzend, das kleine Hoftor geöffnet und war über die Koppel verschwunden. Selbst der angekettete Hofhund hatte nichts bemerkt.

# 17.

Der Aachener Busch war für Katharina immer düster und geheimnisvoll gewesen. Wie eine Wand standen die dicht belaubten Bäume am Ortsrand und ließen kaum Platz für die wenigen Wege und Straßen, die leicht ansteigend südwärts führten.

Ihr Tuch hatte sie bis zum Ortsrand auf dem Kopf behalten. Nun war die Wahrscheinlichkeit gering, von jemandem erkannt zu werden, zumal nur noch Bauern mit ihren Fuhrwerken hierher kamen, ein paar Händler, aber niemand aus der Nachbarschaft oder gar Bekannte ihrer Eltern.

Noch wusste sie nicht, wohin ihr Weg führen würde. Eifelwärts hatte der Vater wenige Beziehungen, bis auf ein paar verstreut wohnende Tuchmacher.

Zusammen mit einem Knecht und der Hausangestellten Isolde, die ausnahmsweise an diesem Tag zum Transport der Rohwolle gebraucht wurde, hatte sie vor langer Zeit zu einer Tuchmacherfamilie mitfahren dürfen. Dort war man gerade dabei, die bereits farbigen Faserflocken einzufetten und glatt zu bürsten. Danach wurden sie auf den Spinnrädern gesponnen.

Als zufällig der Vertreter eines Tuchhandelshauses aus Eupen gekommen war, die gewebten Stoffe zu begutachten, war es still geworden in der Stube. Der strenge Mann hatte keine Fehler im Gewebe zugelassen.

Kathi sah noch das traurige Gesicht des Webers und seiner Familie vor sich, als ihnen deshalb kaltherzig einiges von ihrem Lohn abgezogen wurde. Beinahe hätte sie damals dem Mann ihre Meinung über so viel Härte an den Kopf geworfen und später auch ihren Vater als Fabrikant zur Rede stellen wollen. Danach aber hatte Mutter ihr eindringlich zu erklären versucht, dass es notwendig sei, absolut fehlerfreie Waren abzugeben.

In Kathis Gedächtnis aber war noch etwas anderes zurückgeblieben: Sie hatte die Freundlichkeit und Hilfsbereitschaft innerhalb der Familie gespürt. Und großzügig bewirtet hatte man sie, obwohl die Tuchmacher selbst nur das Nötigste zu essen hatten. Auch die Herzlichkeit der Frau, mit der Kathi bedacht wurde, hatte sich in ihr eingeprägt.

Unwillkürlich hatte sie damals diese Familie mit ihrer eigenen verglichen: Dort gab es keinen Standesdünkel, oberflächliches Gerede, und großartige Tischmanieren wurden nicht erwartet. Dafür hatte Kathi im Gebet vor und nach dem kargen Mahl eine tiefe Dankbarkeit gespürt. Warum nur war es bei ihr zu Hause so anders?

Auf dem schmalen, von Büschen dicht umrahmten Weg blieb ihr jetzt die Schönheit der Natur des Waldes verschlossen. Sie sah nicht die Weidenröschen, die auch am Klosterweiher standen, und deren Blüten sie sonst so beeindruckten. Sie beachtete auch nicht den Löwenzahn, dessen Samen sie früher im Park immer angepustet hatte und der dann einige Meter weiter weg landete.

Kathis Blick folgte nur dem schmalen Weg entlang des Dickichts, und sie suchte wie ein angeschossenes Wild nach einem Ort, an dem sie für sich allein sein und Abschied nehmen konnte von der Welt.

Lange war sie schon gegangen. Ihr Unterleib schmerzte weiterhin, und sie fühlte sich müde und fast am Ende ihrer Kräfte.

Der dichte Wald wurde von einem Moorgebiet mit kleinen Birken abgelöst. Weit und breit war nur das Kreischen einiger Krähen zu hören, die sich um Beute stritten. Ihre Lebensmüdigkeit schien sich auf die Natur und das Wetter zu übertragen, denn die Sonne verdunkelte sich, und scharfer Wind kam auf.

Wie hatte ihr Vater immer gesagt, wenn er in Monschau oder sonst wo in der hügeligen Gegend etwas zu erledigen hatte: ›Dort ist es immer einen Rock kälter als bei uns‹, erinnerte sie sich plötzlich. Wobei sie ja nie rausgefunden hatte, was er mit Rock meinte. Bis heute hatte er sie darüber im Unklaren gelassen. Katharina war überrascht, an welche Dinge sie sich gerade jetzt, in ihrer schlimmen Lage, erinnerte.

Sie begann zu frösteln, denn ihr einfaches Wollkleid konnte die auftretende Kühle nicht abhalten.

»Ich muss weitergehen und einen geschützten Platz suchen«, ermunterte sie sich, »wo mich niemand finden wird!« Dabei umfasste sie ihre Tasche, in der sich die kleine Flasche befand.

Immer tiefer geriet sie weg von den kahlen Kuppen des Moores im dichten Laubwald, als sie unverhofft auf einen breiteren Waldweg stieß, der in eine Weggabelung mündete. Etwas entfernt entdeckte sie eine Waldhütte, die ihr beim Näherkommen bekannt vorkam.

›Hatten wir damals auf dem Weg zu den Tuchmachern hier nicht Rast gemacht? Die Hütte dient eigentlich als Wetterschutz für die Waldarbeiter, und an der Wand hängt ein riesiger Wildschweinkopf, der mir unheimlich vorgekommen war.‹

»Ich werde sehen, ob ich mich nicht irre«, murmelte Katharina und näherte sich der Hütte.

Vorsichtig zog sie die unverschlossene Tür auf und trat in den dunklen Raum. Geruch nach Erde und Holz schlug ihr entgegen. Sie öffnete einen der Fensterläden, um sich besser orientieren zu können. Da hing der Wildschweinkopf!

»Ich habe mich nicht getäuscht«, kam es über ihre Lippen. »Aber – was bedeutet das schon?«

Katharina legte den Beutel auf den grob gezimmerten Tisch und nahm das Gefäß heraus. Sie seufzte. Herzklopfen erfasste sie.

Mit einem Ruck zog sie den Korken ab, knallte ihn auf die Tischplatte und ließ die blaue Farbe in den Mund fließen.

Angewidert von dem Geschmack und dem beißenden Geruch der Flüssigkeit, verschloss sie das Gefäß wieder, und fühlte, wie sich kalter Schweiß auf ihrer Stirn bildete.

Ihr wurde schwindelig. Sie rutschte von der Bank und verlor für einen Moment das Bewusstsein.

Dann verspürte Katharina fürchterliche Halsschmerzen, und ihr Bauch blähte sich auf. Es würgte in ihrem Hals. Plötzlicher Brechreiz zwang sie dazu, sich zu übergeben.

## 18.

Während ihre Tochter unauffindbar schien, versuchte Brammertz ruhig zu bleiben und den Überblick zu behalten.

Henriette hatte sich in das elterliche Schlafzimmer geschleppt, wo sie mit Hilfe von zwei Hausmädchen versorgt wurde. Der Nervenzusammenbruch war nun nicht mehr zu vertuschen, und es hatte sich im Haus herumgesprochen, dass mit Katharina etwas passiert sein musste. Niemand wagte allerdings, weiter nachzufragen, denn in Privatangelegenheiten der Familie war mit dem Hausherrn nicht zu spaßen. So beließen sie es bei Blicken und tuschelten am Herd, wenn sie für die Hausherrin Tee aufgossen oder auf Geheiß ihres Mannes eine Suppe vorbereiteten, die schließlich unberührt stehen blieb.

Brammertz hatte beim Polizeiposten Anzeige gegen Hein Kessel wegen Vergewaltigung und Unterschlagung erstattet. Am liebsten hätte er dem Polizisten wegen dessen Langsamkeit bei der Aufnahme der Daten ins Gesicht gebrüllt, was er von ihm hielt.

Danach hatte ihn der Kutscher zum Spital gefahren, um Radermann über die Lage zu informieren und ihm bei der Gelegenheit sein Bedauern auszudrücken. Er wollte für kurze Zeit die Leitung der Tuchfabrik an ihn übertragen, zumal dieser am nächsten Tag sowieso aus dem Krankenhaus entlassen werden sollte. Damit Radermann nicht Gerüchten nachgehen musste, deutete Brammertz an, Katharina benötige kurzzeitig väterliche Hilfe, ohne ihm einen genaueren Grund zu nennen.

Er wünschte dem Verwalter nach dem unglücklichen Sturz baldige Genesung und versicherte ihm sein absolutes Vertrauen für die kurze Zeit der Unternehmungsführung. Danach war er froh, den Krankensaal mit seinen seltsamen Gerüchen und den umher huschenden Schwestern wieder verlassen zu können.

Kaum war sein Besucher gegangen, als sich Radermann zur Wand drehte, die Bettdecke weit über den Kopf zog und am liebsten vor Scham gestorben wäre.

Als Brammertz wieder an der Kutsche war, entließ er den Bediensteten zunächst für eine halbe Stunde, um in Ruhe zu überlegen, was zu tun sei. Noch nie in seinem Leben war es so dunkel um ihn herum gewesen. Nicht, als er damals nach dem plötzlichen Tod seines Vaters das Unternehmen von heute auf morgen übernehmen musste, ohne gründlich eingearbeitet worden zu sein. War es beim endlos erscheinenden Todeskampf seines Sohnes auch so gewesen? Er wusste es nicht mehr.

Doch der Missbrauch an seiner Tochter und ihre Ankündigung, sich und ihren Eltern die Schande zu ersparen, möglicherweise Mutter eines ungewollten Kindes von dem Herumtreiber zu werden, hatte ihn aus der Bahn geworfen – ganz zu schweigen von ihrem seelischen Leid.

Zweifel an sich als Vater kamen auf, aber auch Fragen gegenüber Katharina, warum sie sich auf Kessel eingelassen hatte? War es tatsächlich nur die Rückgabe der unterschlagenen Brosche – oder noch mehr? Warum hatte sie nicht ihrer Mutter irgendwann ihre Lüge gestanden, nach der sie das wertvolle Geschenk ihrer Großmutter im Anschluss an das Festessen in die Schatulle zurückgelegt hatte. Alles wäre anders gekommen!

Bittere Selbstvorwürfe nagten an dem wohlhabenden und angesehenen Fabrikanten, der nunmehr zusammengesunken und hilflos in seiner Kutsche saß. »Heute wäre ich am liebsten nur der Verwalter, wie Radermann. Es ist beneidenswert, ihn trotz seiner Verletzung so zufrieden zu sehen. Ehrlichkeit und Einsatz für das Unternehmen stehen bei ihm ganz oben an, das merkt man! Und sicherlich kann seine Tochter zu ihm kommen und mit ihm besprechen, was in der Welt so geschieht. Ist seine Irmgard nicht sogar im Alter von Kathi? Mir dagegen war, glaube ich, das Unternehmen bislang wichtiger als meine Tochter.«

Nun verstieg er sich ungewollt in weitere Selbstanklagen: ›Habe ich sie als Heranwachsende überhaupt wahrgenommen, obwohl ich doch darum bemüht bin, ihr später die Leitung des Unternehmens zu übertragen? Unsere Vorstellungen weichen bislang voneinander ab, was sich dauernd zeigt: Ich habe mir das Gewinnstreben auf die Fahne geschrieben; bei Katharina scheint es in erster Linie das Wohl der Arbeiter und deren Familien zu sein. Sie würde aber bald erkennen müssen, dass ein Unternehmen auf Wachstum aus sein muss, um Arbeitsplätze zu sichern. Manchmal fällt es uns Älteren eben schwer, sich den neuen Ideen der Jugend gegenüber offen zu zeigen‹, überlegte Brammertz, während er hoffte, dass nicht gleich irgendein Bekannter an den Wagen herantreten und ihm unangenehme Fragen stellen würde.

›Die Jugend lässt sich darauf ein, dass die Welt im Umbruch ist. Unten geboren zu sein soll nicht bedeuten, dort ein Leben lang bleiben zu müssen! Stände und Kleinstaaterei sollen nach Ansicht der jungen Arbeiterschaft und der Studenten der Vergangenheit angehören. Arbeitsbedingungen müssen verbessert und dafür offensichtlich immer noch erkämpft werden! So klingt es überall. Kessel ist einer von diesen Quertreibern, und dessen Denken hat so starke Wirkung auf Katharina, dass sie unbewusst ihren gesellschaftlichen Stand infrage stellt, ja, sogar verlassen würde …‹

Plötzlich erinnerte sich Brammertz, dass ihn diese Überlegungen keinen Schritt weiterbringen würden, denn er wusste nach wie vor weder ein noch aus.

»Lieber Gott«, fing er verzagt zu beten an und spürte, dass es ihm so ernst war mit dem Herrgott ins Gespräch zu kommen, wie lange nicht mehr. »Ich will Geld an deine

Kirche spenden und wenig sündhaft leben. Aber gib mir ein Zeichen, wo ich suchen soll!«

Am liebsten hätte er sich in ein Mauseloch verkrochen. Trotz der Sonne, die seine Kutsche erwärmte, fröstelte es ihn, und er hatte keinen Blick für den blauen Himmel.

»Wo mag sie jetzt sein?«, fragte er sich verzweifelt, und als er wieder an den Abschiedsbrief dachte, konnte er seine Tränen nicht mehr zurückhalten.

Brammertz spielte alle Möglichkeiten durch, wo er Kathi finden könnte.

Die Eltern ihrer Freundinnen, die er nur flüchtig kannte, hätten Kathi sicher kein Versteck bei sich ermöglicht und sich umgehend gemeldet.

Plötzlich blieb ein Name vor seinem geistigen Auge haften: Kessel!

Der Einfall, den Scherer oder seinen Vater zuhause aufzusuchen, erschien ihm wie eine Erleuchtung und gab ihm einen plötzlichen Kraftschub.

In diesem Moment war der Kutscher zurückgekehrt. Brammertz erteilte ihm den Auftrag, zum Kontor zu fahren. Dort wollte er die genaue Adresse heraussuchen.

Mit klopfendem Herzen näherte er sich kurze Zeit später der Weberkate in der Bendgasse.

Als er an der Tür klopfte, war ihm auf einmal, als wüsste er in dem Moment nicht, was er gleich fragen würde.

Nichts rührte sich.

»Wollen Sie zu den Kessels?«, erkundigte sich eine Stimme hinter der Hecke, die zwischen den Grundstücken verlief. »Da ist niemand mehr …, bis auf die Kleine.«

»Was heißt: Niemand mehr?«, fragte Brammertz irritiert zurück.

»Wie ichs gesagt hab: Der alte Kessel ist tot, und der Hein ist bestimmt über alle Berge, so, wie der sich immer rumgetrieben hat. Die Große ist Magd am Branderhof. Die weiß bestimmt mehr. Nur die Leni ist noch da – das arme Kind.«

Nachdem der Nachbar seine Kenntnisse, wie er meinte, erfolgreich an den Mann gebracht hatte, folgte seine neugierige Frage: »Was wollen Sie überhaupt von denen?«

Ohne darauf einzugehen, drehte sich Brammertz wortlos um und verließ das Grundstück.

Er konnte nicht sehen, dass sich hinter ihm am Fenster ein Schatten bewegte.

Das fröhliche Geschwätz der Hausangestellten, das ihn sonst im Eingangsbereich empfing, war verstummt.

»Isolde, wie geht's meiner Frau?«, wollte der Hausherr wissen, während sie ihm aus der Jacke half.

»Sie schläft. Die Arznei vom Doktor scheint sie beruhigt zu haben.«

»Dann wollen wir sie nicht stören.« Er verschwand im Herrenzimmer, wo er in seinem Lieblingssessel versank und erschöpft die Augen schloss.

Wenige Augenblicke später klopfte es zaghaft an der Tür. Brammertz murmelte »Herein!«

Als er sich erstaunt aufrichtete, stand Isolde vor ihm. Aus ihrem Blick sprachen Mitleid und Trauer.

»Isolde, was gibts?«, fragte er etwas unwillig.

»Wir Hausmädchen fühlen mit Ihnen und der Gnädigen Frau«, kam es leise. »Jeder von uns hätte so was passieren können.«

»Danke für euer Mitgefühl«, kam es von ihm ungewohnt leise. »Ihr wisst inzwischen, dass Katharina verschwunden ist. Wir alle sind in großer Sorge.«

Isolde und ihr *chef de famille,* wie das Personal ihn unten in der Küche heimlich nannte, blickten sich länger an. Mitleid und gemeinsamer Kummer verband sie in diesem Augenblick.

Isolde zögerte einen Moment, ob sie im Zimmer bleiben oder gehen sollte.

Dann hob sie zu sprechen an: »Herr, mir fällt gerade ein, dass ich Mademoiselle Katharina im vorletzten Jahr zu einer Tuchmacherfamilie im Wald von Hauset begleiten sollte. Wir hatten einen Karren voll Wollflocken geliefert und konnten dann dort zuschauen, wie sie die Merinowolle vor dem Spinnen einfetteten und die Fäden auskämmten, damit sie auf den Spinnrädern besser gesponnen werden konnten. Das war für Ihre Tochter und auch für mich was ganz Neues. Auch wie gastfreundlich die Familie war. Katharina sprach auf dem Heimweg so begeistert von den Leuten – und dass sie sich dort so wohl und geborgen gefühlt hat.« Die letzten Worte flüsterte sie. »Immer wieder sprach sie mich darauf an: ›Isolde, weißt du noch …? Die Heilige Familie in der Nähe von Hauset …?‹

Leider weiß ich aber nicht mehr, wo das war.«

»Meinst du, sie könnte dorthin geflohen sein und den beschwerlichen Weg auf sich genommen haben?«, fragte Brammertz ungläubig und gleichzeitig hoffnungsvoll.

»Wenn sie sich so zu einer fremden Familie hingezogen fühlt, könnte das auch bedeuten, dass Kathi etwas anderes braucht«, murmelte Brammertz vor sich hin. »Hilfe, die sie vielleicht bei uns nicht bekommen hat …«

## 19.

Wie durch eine Nebelwand hörte Katharina helle und dunkle Stimmen um sich herum.

›Wo bin ich …? Was ist mit mir …? Warum ist mir so elend zumute …? Der Geschmack im Mund fühlt sich eklig an …. Ich muss mich übergeben haben …‹

Als Katharina angestrengt die Augen öffnete, sah sie sich auf einem Canapé in einem kleinen Wohnraum liegen, gehüllt in eine Wolldecke. Sie hatte nur ihr Unterkleid an. Nahe bei ihr saß eine Frau mittleren Alters, deren im Nacken gebundener Haarschopf durch ein farbiges Band zusammengehalten wurde. Sie trug eine Kittelschürze und war damit beschäftigt, Wollflocken an einer Halterung hängend zu Fasern auszukämmen.

Als sie bemerkte, dass in Kathi wieder Leben zurückgekehrt war, wandte sie sich ihr zu und sprach sie freundlich an: »Da ist ja unsere Patientin. Wie geht es dir?«

Offensichtlich waren ihre Worte im Nebenraum zu hören gewesen, denn ein Mann, der Kleidung nach ein Tuchmacher, war ins Zimmer getreten.

»Ich bin nicht im Himmel!«, hatte Kathi noch gelallt und war bereits wieder eingeschlafen. Immer wieder tauchte das fratzenhafte Gesicht von Hein vor ihr auf, und sie fühlte seinen Atem auf ihrer Haut.

»Weck sie und gib ihr von der Suppe. Tu noch was Fleisch dazu, sie wird es brauchen können. Schließlich hat sie mindestens zwei Tage nichts in den Bauch gekriegt!«

Es war bereits zum zweiten Mal Abend geworden, als sich Kathi über die Suppe mit den Fleischstücken hermachte, die ihr die Hausfrau mit einem freundlichen Blick reichte. Mit Heißhunger hatte sie alles hinuntergeschlungen, nachdem sie ihre Haare gerichtet, sich notdürftig gewaschen und ihre Notdurft in einem kleinen Anbau verrichtet hatte.

Nach der Mahlzeit trat sie kurz vor die Tür, um frische Luft zu atmen. ›Jetzt muss ich endlich erklären, wer ich bin und was mit mir los ist!‹, sprach sich Kathi selbst Mut zu.

Die Tuchmacherleute hatten bislang respektvoll gewartet, bis ihre Patientin voll bei Sinnen war. Ihr grobes Wollkleid sagte nichts über ihre Herkunft aus. Aber das gepflegte blonde Haar, ihre glatten, schlanken Finger und das modische Unterkleid, das von dem Erbrochenen verschont geblieben war, deuteten auf einen höheren Stand hin, und die Nopperin vermutete sogar, die junge Frau irgendwann schon einmal gesehen zu haben.

Kathi trat wieder in die niedrige Stube mit dem gewaltigen Webstuhl, hinter dem sich der Tuchmacher fast bescheiden ausnahm.

Bevor Katharina ein Wort herausbrachte, ging die Frau auf sie zu, blickte sie aufmunternd an und fasste sie an den Schultern. »Ich bin Maria – und das ist Josef, der ist mein Mann. Noch wissen wir nicht, wen wir fast zwei Tage gepflegt haben. Aber schön, dass es dir wieder besser geht. Dein Schlaf war sehr unruhig, und den Wortfetzen nach musst du etwas Schlimmes erlebt haben.« Während sie das sagte, scheuchte sie mit einer Hand einen neugierigen jungen Burschen aus dem Zimmer und ließ ihren Mann die Tür schließen.

Mit tränenerstickter Stimme versuchte Kathi zu erklären, wo sie herkam und wollte sich für die Aufnahme und Pflege bei den beiden bedanken. Beides gelang ihr nicht, denn erneut wurde sie von einem Weinkrampf geschüttelt. Erst auf ihrem Lager fand sie ein wenig Ruhe und schlief sofort wieder ein.

Hilflos standen die beiden Tuchmacherleute vor dem Canapé. »Sie muss tatsächlich etwas sehr Schlimmes erlebt haben«, flüsterte Maria.

»Es sind die Nerven«, ergänzte ihr Mann.

»Was kann es Schlimmeres für eine junge Frau geben, als …?« Die Frau führte den Satz nicht zu Ende.

»Ich verstehe. Aber wo mag es ihr angetan worden sein? Ob sie allein unterwegs war und wurde nach der Tat zurückgelassen?«

Maria hatte sich wieder ans Spinnrad gesetzt. Nach einem Moment fragte sie ihren Mann: »Du und Hermann, ihr hattet doch einen Beutel und eine kleine Flasche gefunden und mitgebracht, in der ein Rest einer blauen Flüssigkeit war. Wo ist beides geblieben?«

Hermann wurde gerufen, bestätigte den Fund und erinnerte sich, in der Aufregung um das bewusstlose Mädchen, die mit blauer Farbe und Erbrochenem verschmutzte Tasche in den Schuppen geworfen zu haben.

Josef bat ihn, alles zu holen.

»Was mag das sein?«, fragte Josef unsicher, als er die Flasche vorsichtig betrachtete.

Maria stutzte und roch daran: »Mir scheint, das ist Farbe.«

»Solche, wie sie zum Färben von Tuchen gebraucht wird?«

»Unser Gast muss was mit der Tuchmacherei zu tun haben. Aber so, wie ihre Hände aussehen, hat sie nur selten mit angepackt! Ich zähle mir eins und eins zusammen …«

»… und kommst zu welchem Ergebnis?«, fragte ihr Mann.

»Sie stammt bestimmt aus einer begüterten Fabrikantenfamilie und muss das Teufelszeug geschluckt haben …«

»… um sich umzubringen, nachdem ihr großes Leid zugefügt worden war.«

»Sie wird einiges zu verarbeiten haben, wenn sie wieder richtig bei sich ist, die Arme. Dank dem Himmel, dass Hermann und du sie in der Hütte gefunden habt. Bestimmt ist es kein Zufall, dass sie bei uns gelandet ist. Vielleicht ist es unsere Aufgabe als gläubige Christen, in ihrer schwierigen Situation für sie da zu sein«, meinte Maria und machte sich wieder an die Arbeit.

# 20.

In seiner Verzweiflung hatte sich Brammertz geräuschlos im Schlafzimmer niedergelassen, um Henriette nicht zu stören. Zu seiner Überraschung hatte sie sich wieder gefangen und war ansprechbar. Er hielt seine Hilflosigkeit nicht mehr aus und brauchte ihre Stütze und Zuwendung.

»Radermann muss in die Suche einbezogen werden«, trug sie ihrem Mann auf. »Er kennt eine Menge Leute.«

»Und ich möchte mich auch an die preußische Polizei wenden, schließlich wird sie von uns bezahlt!«, ergänzte ihr Mann.

Nach einem Moment meinte Brammertz: »Und wir brauchen Isolde!«

»Unsere Isolde? Wie kommst du auf die?«, entrüstete sich Henriette.

»Ganz einfach: Sie hat mehr Verstand als sonst ein Hausmädchen. Im Herrenzimmer eben hat sie mir einen wichtigen Hinweis gegeben. Wie du siehst, können wir die furchtbare Geschichte nicht mehr unter der Decke halten.«

Er erwähnte, was das Hausmädchen über die fleißige und überaus freundliche Tuchmacherfamilie in Hauseter Wald berichtet und welchen nachhaltigen Eindruck sie bei Kathi hinterlassen hatte. Isolde wisse aber leider nicht mehr, wo genau sie wohnten.

Hoffnung keimte auf, als Leonhard Brammertz vorschlug: »Wir durchsuchen die zurückliegenden Liefereintragungen in den Geschäftsbüchern nach den Adressen der Tuchmacher. Radermann muss mir dabei helfen – vor allem muss ich erfahren, ob er mehr über den Hein Kessel weiß und eine Ahnung hat, wohin er geflüchtet sein könnte. Mit Verviers hat er bestimmt eine falsche Fährte gelegt. Vielleicht weiß seine Schwester Leni mehr, die ja bis zuletzt bei ihrem Vater im Haus war.«

Bevor Brammertz ins Kontor ging, ließ er sich zum Polizeiposten fahren, wo er die Suchanzeige aufgab. Der bereits ältere Gendarm brauchte eine geraume Zeit, bis er die Personalien aufgenommen und Näheres über Katharina notiert hatte. »Wir werden bei den Streifenritten auf Besonderheiten achten, ansonsten weiß ich von nichts«, meinte dieser formell und verschwand wieder hinter seinem Schreibtisch.

Beim Hinausgehen verkniff sich Brammertz eine bissige Bemerkung über die Arbeit der hiesigen Polizei.

Ihm konnte alles nicht schnell genug gehen!

Im Kontor versuchte er, sich in die von Radermann verwalteten Unterlagen einzulesen. Obwohl Eigentümer des Unternehmens, kam er sich jetzt wie ein Eindringling in die Welt eines anderen vor und fand schließlich nicht, was er so dringend suchte.

»Morgen muss Radermann ran. Erholung von dem Sturz hin oder her – jetzt zählt jede Stunde und jeder Hinweis!«

Damit klappte er eines der großen Auftragsbücher mit den vielen Spalten und den in säuberlicher Schrift gehaltenen Eintragungen wieder zu. Ihm blieb es ein Rätsel, wie jemand seitenweise wichtige Urkunden fehlerfrei verwalten konnte. »Radermann ist mir eine vertrauenswürdige Stütze. Von ihm könnte Kathi viel lernen …«

Sofort drängte sich ein »Wenn …!« auf.

Und erneut wurde Brammertz bewusst, wen er so schmerzlich vermisste.

## 21.

Maria war angespannt, als sie über das Spinnrad hinweg die fremde junge Frau beobachtete. Diese hatte sich schlaftrunken von dem Canapé aufgerichtet.

Trotz der durcheinander geratenen und platt gelegenen Haare sah sie immer noch hübsch aus, und in ihrem teuren Unterkleid wirkte sie edler als manch eine Braut.

Sie lächelte leicht, weil sie beobachtet hatte, dass Hermann und ihr Ältester öfter als sonst in die Stube kamen und irgendetwas von ihr wollten. Dabei blickten sie lebhaft umher, aber trauten sich nur, das Mädchen auf dem Canapé aus den Augenwinkeln zu betrachten.

»Sie ist wieder bei sich«, flüsterte Maria ihrem Mann zu, der sich in der Stube am Webstuhl zu schaffen machte.

»Hast du dich ein wenig gesund schlafen können?«, wandte sich Maria freundlich an Kathi.

»Wenn wir gleich zu Mittag essen, werden Josef, du und ich allein am Tisch sein. Die anderen werde ich zum Bach schicken, wo sie Wolle entfetten sollen. Sie werden dort eine Zeit lang bleiben. Dann werden wir Gelegenheit haben, uns ein wenig kennenzulernen.« Dabei ließ sie Katharina nicht aus den Augen.

Die Gastgeber und Katharina saßen anschließend schweigend am Tisch.

Maria hatte zuvor das raue Wollkleid gewaschen, das sie nun wieder angezogen hatte. Kathi hatte sich gekämmt und dadurch einen Teil ihrer Würde zurückbekommen. Geblieben aber waren die heftigen Schmerzen im Unterleib.

Noch hatte sie kein Wort gesprochen. Aus ihren Augen war große Dankbarkeit abzulesen.

Als Maria die dampfende Suppe aus dem Kessel geschöpft und ihr die Schale gereicht hatte, berührten sich die Hände der beiden kurz. Ein zartes Lächeln kam über Kathis Lippen. Mit einer freundlichen Geste bot Josef dem Gast ein Stück Brot an.

Nachdem alle drei versorgt waren, falteten die beiden die Hände zum Tischgebet und überließen dem Gast, es ihnen gleichzutun.

Leise sprach sie mit: »… sei du unser Gast und segne, was du uns bescheret hast. Amen!«

Dann fassten sie einander an den Händen, wünschten sich gegenseitig einen guten Appetit und begannen, die Suppe mit blank gescheuerten Holzlöffeln zu essen.

Niemand traute sich, die Stille zu stören, die über dem Mahl lag und die jeder am Tisch als segensreich zu empfinden schien.

Unauffällig schaute sie sich in der Küche mit dem großen Familientisch und der Eckbank um, von der aus man durch eines der kleinen Fenster zum naheliegenden Wald blickte. Darüber hing das Kruzifix, geschmückt mit einem kleinen Buchsbaumzweig. An der gegenüberliegenden Längswand thronte die stattliche Kochstelle, die selbst in der warmen Jahreszeit ihre Berechtigung hatte und der einzige beheizbare Raum war. Daneben hingen Pfannen aus Kupfer, Töpfe, Zangen und Schieber. Ihr war, als wäre sie hier schon einmal gewesen. Es kam ihr alles irgendwie vertraut vor.

›Diese lieben Leute leben in einer einfachen, friedlichen Welt‹, dachte Katharina und löffelte weiter. ›Da gibt es weit weniger Feines zu essen, als bei uns, aber es ist von der eigenen Mutter zubereitet. An diesem Tisch wird bestimmt erzählt, was jeder so erlebt hat und denkt. Es wird gemeinsam überlegt, was am Tag zu tun ist. Und alle sind beieinander. Hier wird zusammen gelacht und geweint … Wann und warum bin ich schon mal hier gewesen?‹

Katharina wurde in ihren Gedanken unterbrochen, als Maria meinte: »Bevor wir als Nachtisch Waldhimbeeren mit Milch und Zucker haben, können wir uns ein wenig unterhalten.«

In diesem Moment begann für Katharina die Stunde der Wahrheit. Sie beschloss, sich diesen freundlichen Menschen anzuvertrauen, und nichts konnte und sollte vor den beiden bislang fremden Personen verheimlicht werden!

Die Eheleute blickten Katharina ermutigend an. Sie waren sich sicher, dass die Angehörigen des Mädchens in diesem Moment vor Sorge und Aufregung nicht ein und aus wussten und bestimmt alles daran setzten, um schnellstens das Schicksal ihrer Tochter zu klären.

## 22.

»Da sind Sie ja schon wieder!«, kam es erneut hinter der Hecke hervor, als Leonhard Brammertz den Klopfer an der Haustür der Kessels anschlug.

Zunächst ignorierte er den neugierigen Nachbarn. Doch als sich im Haus nach einem erneuten Klopfen wieder nichts rührte, wandte er sich schließlich doch hilfesuchend an den Mann und fragte nach Leni. Manche Leute wissen über die Nachbarn oft genauestens Bescheid, dachte er missbilligend.

»Die ist, seitdem der Vater gestorben ist, oft weg.«

»Und wo kann ich sie finden?«, fragte Brammertz nach.

»Wissen Sie, wo der Branderhof ist? Dort könnte man sie antreffen, hat sie mir gesagt. Dort lebt ihre ältere Schwester Trudel mit ihrem Verlobten als Gesinde. Und seitdem wache ich wie ein treuer Hund über das Haus und den Garten.«

»Woran ich keine Zweifel habe!«, gab Brammertz zurück, bedankte sich für die Auskunft und machte sich auf den Weg zum Gut Branderhof, dessen Besitzer bereits seit Jahrzehnten Kunde für die besonders guten Tuche seines Unternehmens war.

Auf dem Weg dorthin versuchte er Zusammenhänge herzustellen und in Erfahrung zu bringen, wo sich Kathi aufhalten könnte – wenn sie noch leben sollte!

Bei dem Gedanken krampfte sich alles in seinem Innersten zusammen. »Trotzdem – ich muss einen klaren Kopf behalten!«, versuchte er sich selbst aufzubauen.

Inzwischen hatte Maria alles vom Tisch geräumt. Nichts sollte ablenken. Auch nicht der hübsche Feldblumenstrauß.

»Jetzt muss es sein!«, flüsterte sie vor sich hin und schaute Kathi dabei prüfend an. Kannte sie die junge Frau tatsächlich, wie sie schon seit einiger Zeit vermutete? Sie konnte sich nicht erinnern.

Kathi saß weiterhin schweigend am Tisch. Nachdem sich die beiden Tuchmacher gesetzt hatten, fragte Maria freundlich: »Nach deinem langen Schlaf siehst du recht erholt aus. Möchtest du uns nun sagen, wen wir bewirten durften? Außerdem meine ich, dass wir uns bereits einmal gesehen haben. Und magst du uns erzählen, was dir Schlimmes widerfahren ist? Vertrau darauf, dass wir es wie der Priester als Beichtgeheimnis im Herzen behalten werden.«

»Würde es euch helfen, wenn ihr es wüsstest?«, ließ sich Katharina vernehmen und schaute die Eheleute mit offenem Blick an. Das Duzen fiel ihr nicht schwer.

Kathi seufzte. »Ich bin euch unendlich dankbar, was ihr für mich getan habt – ohne dass ich euch darum bitten konnte!«, fuhr sie fort. Über ihren scherzhaften Satz musste sie selbst lächeln.

»Ich bin Katharina Brammertz, wohne in Burtscheid und bin sicher, dass ich irgendwann schon mal hier gewesen bin, um zusammen mit einer Hausangestellten Rohwolle zu bringen. Damals war mir aufgefallen, wie schön es am gemeinsamen großen Tisch zuging.«

In diesem Augenblick riss Maria die Augen auf. »Jetzt fällt es mir wieder ein: Du warst das blonde Mädchen, das, wie wir es auch heute gesehen haben, so feine Tischmanieren zeigte. Du stammst demnach aus der Unternehmerfamilie in Burtscheid, die uns schon mal beliefert hat. Stimmt's?«

Maria war ganz aufgeregt, und Katharina verspürte Erleichterung, erst einmal ein unverfängliches Thema gefunden zu haben.

»Dann wissen wir schon einiges voneinander und heißen dich bei uns nochmal willkommen. Wie sollen wir dich ansprechen?«

»Wie schon gesagt: Ich bin Katharina oder kurz Kathi für solche, die mir nahe stehen. Wenn ihr wünscht, dürft ihr mich so nennen.«

»Das tun wir gern!«, meinte Josef lächelnd.

Nach einem Moment der Stille schlug Maria vor, dass ihr Mann jetzt am besten die Tiere und den Stall versorgen sollte.

Josef hatte den Wink seiner Frau verstanden, drückte sich aus der engen Küchenbank und verschwand in Richtung Stall, wo er heute für das Melken der drei Kühe zuständig war, ihnen frisches Heu aufschütten und die kleine Schafherde für die Nacht in ihren Verschlag sperren würde.

Eigentlich war er nicht beleidigt darüber, dem Gespräch zu entgehen, denn Themen mit viel Gefühl waren nicht seine Sache, obwohl ihm das Mädchen irgendwie leid tat. Von Maria würde er sicherlich später mehr erfahren.

Im Anschluss an die Arbeit im Stall wollte er noch das Tagespensum am Webstuhl erfüllen, denn bald sollte wieder der Abgesandte des Tuchfabrikanten aus Monschau zum Abholen der Stoffe kommen. Dann liegen immer die Nerven blank, dachte er. ›Bekommen wir das gesamte vereinbarte Geld oder kürzt er es wegen angeblicher oder tatsächlicher Webfehler, die dann die Scherer mit ihren schweren Geräten nochmal mühselig nachbearbeiten müssten?‹

»Und ihr lebt gern damit, von dem Abgesandten abhängig zu sein?«, erinnerte er sich an Kathis Frage. »Nun, schön ist es nicht, wenn man gespannt ist, wie der Mann gerade gelaunt daher kommt. Aber er hatte bisher selten was zu beanstanden, weil wir gute und sorgfältige Arbeit leisten.

Wir sind zum Glück unsere eigenen Herren und müssen nicht täglich bei Wind und Wetter lange durch den Wald zur nächsten Tuchfabrik wandern und abends spät zurückkommen. Als Familie sind wir viel zusammen und können uns die Arbeit mit dem Vieh und im Stall teilen und sitzen bei den Mahlzeiten gemeinsam am Tisch.«

Als beide Frauen allein waren, fuhr Maria vorsichtig fort: »Bevor du deine Eltern wiedersiehst, solltest du wieder im Gleichgewicht sein. Dabei möchte ich dir helfen, denn du scheinst ein guter Mensch zu sein! Gott sei Dank bist du am Leben geblieben! Das ist die Hauptsache!« Maria bekreuzigte sich. »Dass du die blaue Flüssigkeit getrunken hast, ist bestimmt die Reaktion auf ein schlimmes Erlebnis.«

In dem Moment vermochte Kathi die Tränen nicht mehr zurückzuhalten. Maria legte ihr die Hand auf den Arm, um sie zu trösten. »Du sollst mir nur davon erzählen, wenn es dir hilft und es dir dann leichter wird ums Herz. Wenn jemand Schuld auf sich genommen hat, vielleicht an dir, dann musst du es beim Namen nennen! Dann lass deine Wut raus und schick den Widerling ins Höllenfeuer! – Und jetzt hole ich uns einen Obstler. Der wird uns gut tun!«

»Ich hab aber noch nie Schnaps getrunken«, meinte Kathi. »Dann fangen wir heute damit an. Anlässe gibt's genug!« Maria erschien mit einer Flasche und zwei Gläsern.

Nachdem sie sich zugeprostet hatten, kippte Maria den gesamten Inhalt hinunter und schüttelte sich wohlig. Kathi nippte nur vorsichtig und verzog dabei das Gesicht. Freude und Tragik lagen in diesem Moment dicht beieinander.

»Kathi«, fuhr Maria fort. »Wir haben die Tasche mit der Farbenflasche verwahrt. Sie war von Erbrochenem völlig verdreckt. Sie hat für dich bestimmt eine große Bedeutung ...«

Marias Stimme war einfühlsam und schien Katharina zu erreichen. Sie spielte angespannt mit dem fast gefüllten Glas und schaute auf die Tischplatte. »Es stimmt!«

Dann kamen plötzlich alle Erinnerungen auf einmal in ihr hoch – und wie sich ein Pfropfen löst, so fanden endlich all ihre Gedanken und Gefühle in einem Redeschwall ihren Weg nach außen. Zum ersten Mal sprach sie das Wort ›Vergewaltigung‹ aus und ihre Reaktion darauf, sich aus

Scham und Schande das Leben nehmen zu wollen – und zwar nicht Zuhause, sondern wie ein waidwundes Tier irgendwo in der Einsamkeit. Sie hatte die Waldhütte dazu benutzen wollen, in der Abgeschiedenheit aus dem Leben zu gehen, wo sie nach einigen Stunden unerkannt und zufällig gefunden worden wäre.

»Gott sei Dank ist dir das Aus-dem-Leben-Gehen nicht gelungen«, ergänzte Maria mit einem Seufzer der Erleichterung. »Darauf gibt's noch einen Obstler!« Sie schenkte sich ein und wiederholte die Szene mit viel Genuss.

»Ist dir der Lump bekannt und weißt du, wo er sich jetzt aufhält?«, fragte Maria nach.

»Ich kenne ihn nur zu gut«, erwiderte Kathi bitter. »Ich weiß nicht, wo er hin ist.«

»Und ich vermute wegen deiner besonders tiefen Verzweiflung, dass du ihm vertraut hattest und deine Eltern keinesfalls von der Bekanntschaft wissen durften. Er hat dich wahrscheinlich wegen seines Selbstbewusstseins beeindruckt. Oder, wie es heute unter den jungen Leuten üblich ist, mit liberalen Gedanken überhäuft und dich unsicher werden lassen gegenüber deinen Eltern und ihrer Lebensart, vielleicht sogar aufsässig?«

Kathi hörte gespannt zu, als würde eine Wahrsagerin vor ihr sitzen.

»Du hast in allem recht. Du bist eine kluge Frau«, sagte sie anerkennend zu Maria, verschwieg aber den Vergleich, dass die einfache Nopperin mehr Herzensbildung zu besitzen scheint als ihre Mutter und deren Freundinnen zusammen, denen es vorwiegend um Fragen des Aussehens und Ansehens, um Besitz und gesellschaftlichen Stand geht.

»Gott sei Dank hast du keine Beize getrunken, Kathi. Sonst säßen wir jetzt nicht hier zusammen!«, erwiderte Maria bescheiden. »Und – hast du eine Idee, warum ich die Flasche erwähne?«, machte sie weiter.

Katharina schüttelte den Kopf.

»Nimm sie und die Tasche und geh ein Stück dort hinten an den Waldrand. Wenn du meinst, allein zu sein ...«

»... grabe ich ein kleines Loch, schütte die Farbe hinein und buddele es zusammen mit der Flasche zu. Und ich weiß auch, an wen ich dabei denke – zum allerletzten Mal! –, wenn ich mit der Schaufel grabe, um die Tasche verschwinden zu lassen. Endgültig und auf Nimmerwiedersehen!«

Erleichtert nahm Maria Katharinas Entschluss zur Kenntnis, durch diese kleine Zeremonie ihren Selbstmordversuch hinter sich zu bringen.

Von diesem Moment an war ihr nicht mehr bange, Kathi könnte ein weiteres Mal versuchen, Hand an sich zu legen. Und wegen des anderen Geschehens schickte sie ein Stoßgebet gen Himmel, dass die junge Frau keinen Schaden, weder an Leib, noch an ihrer Seele, nehmen möge.

Als Katharina aufstand und gehen wollte, nahm Maria sie herzlich in die Arme und flüsterte ihr zu: »Ich bin stolz auf dich. Wenn du zurück bist, gibt's den nächsten Obstler! – ... und denk an die Schaufel ...«

Beide mussten unter Tränen lachen.

# 23.

Leonhard Brammertz war aus dem Einspänner ausgestiegen und ging im Gillesbachtal den leichten Anstieg zum Branderhof hinauf. Es tat ihm trotz der Eile gut, seine Gedanken sammeln zu können. Der Kutscher ließ das Pferd an der lockeren Leine laufen und das Tempo selbst bestimmen. Es blieb im gemächlichen Trott.

Nachdem Brammertz das beeindruckende Tor mit seinem gemauerten Bogen durchschritten hatte, von dem aus beidseitig eine hohe Mauer das Grundstück begrenzte, blickte er auf den gepflasterten Hofplatz und das Wohnhaus. Rechts erhob sich ein mächtiges Stallgebäude, aus dem Tiergeräusche und menschliche Stimmen drangen, denen er nachgehen wollte. Schon erschien eine junge Frau in der Tür. Sie trug Kopftuch, Arbeitskittel und an den Füßen Holzpantinen.

Er fand sie trotz ihrer Arbeitskleidung auf den ersten Blick sympathisch. Sie stellte die Milchkanne ab, trocknete ihre Hände an einem Tuch, das an ihrem Gürtel hing und fragte, womit sie helfen könnte.

Brammertz stellte sich umständlich vor. Obwohl darauf vorbereitet, wusste er nicht, wie er nun anfangen sollte. »Könnte ich Leni Kessel sprechen?«

»Ich bin ihre Schwester Trudel. Was möchten Sie denn von ihr?«, war die Antwort. Die junge Frau blickte ihn freundlich und offen an.

»Es geht eigentlich um Hein Kessel«, druckste er herum. »Der ist demnach auch Ihr Bruder, richtig?« ›Welch dämliche Frage!‹, kam es ihm. »Ich muss dringend von ihm wissen, wo er sich aufhält, ob er mir über den Aufenthalt meiner Tochter Katharina Auskunft geben kann. Sie scheint in sehr großer Gefahr. Bitte helfen Sie mir und meiner Frau!«

»Also, von wem möchten Sie nun etwas über Ihre Tochter und Hein wissen?«, reagierte die junge Frau etwas verwirrt.

»Von … jedem, der … etwas … weiß«, stotterte Brammertz.

»Ich werde meine Schwester holen«, schlug Trudel vor. »Leni ist drüben und richtet das Essen.« Dabei deutete sie in Richtung des Wohnhauses.

Der Unternehmer stand nun hilflos und wartend herum. Das war ihm noch nie passiert: mit Herzklopfen darauf zu warten, was die Schwester von einem der Scherer über das Ergehen seiner Tochter zu sagen hätte!

Endlich traten beide aus der Tür des Wohnhauses und kamen über den Hof auf Brammertz zu. Sie glichen sich wie ein Ei dem anderen und unterschieden sich nur durch das Alter.

Nachdem er sich auch Leni vorgestellt hatte, erfuhr er von dem Zettel ihres Bruders. Den hätte die Polizei einkassiert – und dass ihr Vater, als er vom schändlichen Tun seines Sohnes erfahren hatte, aus Kummer an einem Herzschlag plötzlich gestorben ist. Auch über Heins Absicht, vor der Polizei zu flüchten, weil er irgendetwas angestellt hatte, berichtete Leni, und Trudel stimmte ihr zu. »Wir haben erst später davon erfahren, was unser Bruder ihrer Tochter angetan hat und dass auch Geld mit im Spiel war. Im Suff hatte er tatsächlich mal von Bestechung geschwafelt, die irgendwas mit dem Unternehmen zu tun hatte.«

Brammertz hörte sich alles an und war erst mal über die letzte Andeutung hinweggegangen. Für sie war später Zeit. Jetzt galt es, jede Minute zu nutzen!

›Was hab ich da für einen miesen Vogel in meinem Unternehmen‹, dachte Brammertz zornig. ›Er stiftet in seiner Umgebung nur Unruhe und Unfrieden – und jetzt hat er auch noch riesige Schuld gegenüber Kathi auf sich genommen.‹ Es eilte! Kathi musste gefunden werden!

Mit allen guten Wünschen der beiden Frauen und der Versicherung, bei der Suche nach seiner Tochter mithelfen zu wollen, verließ er den Branderhof und wies den Kutscher an, Radermann aufzusuchen.

Kaum zu Hause angekommen stürmte Brammertz die Treppe hinauf und klopfte kurz an die Tür zum Kontor seines Verwalters. Ohne auf ein ›Herein‹ zu warten, standen sich beide gegenüber. Der eine froh, seinen Verwalter wieder an der Seite zu haben, der andere voller Scham über sein unrühmliches Tun. Die Kopfwunde unter dem Verband würde verheilen, nicht jedoch der Geheimnisverrat gegen Bezahlung.

Brammertz setzte seinen Verwalter über die momentane erfolglose Lage in Kenntnis. Er beschrieb Hein Kessel als Vergewaltiger, der irgendwohin abhauen wollte. Beinahe hätte Radermann die Erpressung erwähnt. Im letzten Moment konnte er sich aber noch mit einem spontanen Geständnis zurückhalten.

Nun suchten sie gemeinsam die sorgsam geführten Bücher nach der Adresse der Tuchmacherleute durch, von denen Isolde gesprochen hatte.

Diese Anschrift war Brammertz' letzte Hoffnung. Der Verzweiflung nahe war er jedem Hinweis gefolgt. Nirgendwo, weder in der Polizeistation, wo er auf einen gleichgültigen preußischen Beamten gestoßen war, noch in Kessels Elternhaus oder am Branderhof konnte ihm in seiner großen Not geholfen werden. Eine Nachfrage bei ihren Freundinnen hielt er für zwecklos. Kathi hätte sie bestimmt nicht eingeweiht.

Beide Männer beugten sich nun geduldig über die langen Eintragungen an Anschriften, Lieferterminen und solche zum Zahlungsverkehr. Radermann schien froh darüber zu sein, seinem Arbeitgeber geschäftig zur Seite stehen zu können.

Die Finger fuhren zuletzt langsam über die Liste derjenigen Adressen, die in etwa zeitlich infrage kamen, als Radermann plötzlich erfreut aufschaute und »Treffer!« rief. »Vorletztes Jahr im August haben wir eine Karrenladung Wollflocken an einen Tuchmacher im Wald von Hauset geliefert.«

Brammertz hatte das Suchen unterbrochen und die frohe Botschaft seines Verwalters mit Herzklopfen aufgenommen. Es gab neue Hoffnung!

# 24.

Mit einem Lächeln auf den Lippen kehrte Kathi nach geraumer Zeit in die Weberstube zurück.

Sie fand Maria am Spinnrad und Josef am Webstuhl in ihre Arbeit vertieft. Hier schien die Welt heil und in Ordnung zu sein – wären nicht die Gedanken an ihre Eltern gewesen, denen sie unendlichen Kummer bereitete.

Als die Eheleute Katharina bemerkten, hielt Maria das Spinnrad an und Josef schickte das Schiffchen nicht weiter durch die Ketten.

Etwas verschämt stand Kathi in der Tür, ging auf Maria zu, nahm ihre Hand und flüsterte ihr ins Ohr: »Du hast mir einen Obstler versprochen!«

Beide umarmten sich lachend, während Josef loszog, die schlanke Obstlerflasche zu entkorken.

Maria wurde ernst: »In der kurzen Zeit bist du uns ans Herz gewachsen, Kathi. Aber nun heißt es Abschied nehmen. Du musst wieder dorthin gehen, wo du hergekommen bist: in deine Welt, die sicher ganz anders ist als unsere. Hier würdest du dich womöglich unwohl fühlen, weil man dich anders erzogen hat, als wir es mit unseren Söhnen tun. Du bist Wohlstand gewöhnt, dein Vater gibt vielen Menschen Arbeit und damit Brot. Trotzdem herrscht bei den jungen Tuchmachern tiefe Unzufriedenheit, das wirst du bestimmt wissen. Es sind besonders die rebellierenden Scherer und auch die Färber mit ihrem hohen Anspruch an den Beruf. Sie befürchten, durch die Maschinen aus England zu bloßen Fabrikarbeitern abzurutschen. Unser Ältester, der in Eupen als Scherer arbeitet, schwafelt auch schon davon. Dort soll es deswegen vor kurzem zu Ausschreitungen gekommen sein.«

»Davon habe ich gehört«, murmelte Katharina vor sich hin.« »Schlimm muss es da zugegangen sein …«

Endlich reichte Josef den beiden Frauen je ein Glas und wollte sich selbst auch einen guten Schluck gönnen.

Katharina schnürte es den Hals zu, als sie nach dem Glas griff und sich mit Tränen in den Augen bei ihren Gastgebern bedankte. Anschließend kippte sie mit Schwung die Flüssigkeit hinunter, musste nach Luft schnappen, hustete und fing wie befreit zu lachen an: »Jetzt bin ich erwachsen!«, und ließ sich auf die Küchenbank fallen.

»Noch einen!«

Belustigt schenkte ihr Maria nach. »Der Herrgott hat gewollt, dass du noch lange nicht aus dieser Welt gehen sollst und hat dich zu der Waldhütte geführt, wo wir dich gefunden haben. Darauf müssen wir trinken! Versprichst du uns, dass du in Burtscheid in die Kirche gehst und eine Kerze für uns anzündest? Auch ein kurzes Dankgebet sollte dabei sein. Wir werden es bis hier heraus in der Einsamkeit des Hauseter Waldes spüren. Auch wir werden uns deswegen an den lieben Gott wenden und ihm danken, dass du bei uns warst.«

»Ich will aber nicht nach Hause!«, kam es trotzig von Katharina. Sie stützte den Kopf auf und blickte starr vor sich hin. Offensichtlich tat der Alkohol seine Wirkung.

Maria und Josef schauten sich ratlos an. »Ich glaube, du hast Angst vor dem Zusammentreffen mit deinen Eltern. Das kann ich gut verstehen«, versuchte Maria zu vermitteln. »Wir möchten dir so gern helfen. Wenn dich deine Eltern wiederhaben, werden sie vor Dankbarkeit jeden deiner geheimen Wünsche erfüllen.« Damit zwinkerte Kathi aufmunternd zu.

Josef gab seiner Frau ein Zeichen, mit ihm nach draußen zu kommen. »Wir werden Ruprecht morgen auf unseren Klepper setzen. Der Ochsenwagen wird erst übermorgen losgeschickt. Er wird nach Burtscheid reiten und ihren Eltern die erlösende Nachricht bringen. Am Abend kann er zurück sein – wenn der gute Alte durchhält!«

»Du weißt ja: Katharina hat erwähnt, dass sie ihren Eltern nicht so gerne bei sich zu Hause begegnen möchte. Daher müssen wir uns was überlegen«, entgegnete Maria.

»Mir fällt da ein, dass wir mal bei einem großen Kirchfest in Burtscheid auf einem Hof über Nacht bleiben konnten. Ich glaube, er hieß Brandhof, Guthof – oder Gut Branderhof. Kannst du dich erinnern, Josef? Dort haben wir es uns gutgehen lassen. Ruprecht soll dort vorsprechen und nach einer Möglichkeit fragen, ob sich Kathi und ihre Eltern dort treffen könnten. Danach kann er bestimmt auf der Tenne übernachten und die beiden Ochsen im Stall unterstellen.«

Müde nahm Katharina hin, was ihre Gastgeber für sie beschlossen hatten. Mit bangem Herz sah sie diesem Tag entgegen.

»So soll es denn sein! Eine andere Lösung fällt mir auch nicht ein«, dachte sie – und sehnte sich nach ihrem eigenen Bett..

# 25.

Wie gewohnt gingen die Eheleute ihren Pflichten als Weber, Spinnerin und Nopperin nach. Berge von Rohwolle lagen auf dem Boden und warteten darauf, verarbeitet zu werden. Josef spannte neue Ketten und legte Muster nach Angaben des Unternehmers an. Maria prüfte als erfahrene Nopperin ein gewebtes Tuch auf Unebenheiten. Die letzte Prüfung würde den Scherern vorbehalten bleiben, vor denen sie stets Achtung hatte, wenn sie mit ihren schweren Geräten mehrmals in kleinsten Abständen jeden unnötigen Fussel wegzuzaubern schienen.

Es lag Spannung im Raum, denn der Knecht mit dem Spitznamen Ruprecht war mit einer freudigen und etwas heiklen Aufgabe auf dem alten Klepper in Richtung Burtscheid geschickt worden. Man erwartete ihn noch vor der Abenddämmerung zurück.

Katharina hatte sich zu Maria gesetzt, und beide spürten die Stille im Haus, dazu die Geräusche des nahen Waldes, die durch das geöffnete Fenster zu ihnen drangen.

›Wie gern würde ich hier bleiben und ein neues Leben anfangen‹, ging es Kathi durch den Kopf.

Es war später Abend geworden, als Hufgeklapper zu hören war und ein Pferd am Küchenfenster vorbei ging, das offensichtlich selbst den Weg zum Stall finden würde. In diesem Moment schaute Ruprecht grinsend durch das offene Fenster in die Küche.

Maria, die ihn zuerst entdeckt hatte, rief die Familie zusammen. Für Kathi war die Spannung kaum zu ertragen. Sie fühlte, wie der Boden unter ihren Füßen zu schwanken begann. Wie werden die Eltern reagiert haben, wenn der Knecht eines abgelegenen kleinen Hofes auftaucht und diese Nachricht überbringt?

Nachdem Ruprecht das Pferd versorgt hatte, kam er herein und setzte sich an den Küchentisch. Er war sich in diesem Moment seiner Bedeutung bewusst und kostete es aus, einmal im Mittelpunkt zu stehen, was sonst eher selten der Fall war. Ruprecht legte seine Mütze neben sich auf die Bank, zog feierlich das Wams aus und streifte die Ärmel seines Hemdes hoch.

Nach dem ersten Schluck Milch blickte er freudestrahlend Katharina an: »Deine Eltern wissen Bescheid. Sie kommen morgen gegen Mittag zum Branderhof. Sie sind vor Freude bald übergeschnappt und haben mir sogar Geld gegeben fürs Wirtshaus, wo ich aber nicht hingegangen bin. Zuerst wollten sie dich hier abholen, aber da hab ich nicht mitgemacht.« Triumphierend schaute er in die Runde.

»Du wohnst aber in einem feinen Tempel«, sprudelte es aus ihm heraus, als er einen Kanten Brot in die Milch tunkte. Er schaute Katharina anerkennend an. »Da drin möchte ich auch leben mit Hausmädchen um mich rum, die mir die Wünsche von den Augen ablesen! Ich hab leckeres Essen bekommen, unten in der Küche. War mir auch lieber, als in dem piekfeinen Speisezimmer, wo man nicht kleckern darf. Die Mädchen haben mich mächtig gut versorgt, und wir hatten viel Spaß miteinander. Und das alles willst du aufgeben?«, meinte Ruprecht und schüttelte verständnislos den Kopf.

»Dann war ich auf'm Branderhof und hab wegen dem Treffen Bescheid gesagt. Ich kann mit den Ochsen zusammen dort auch übernachten, weil – die sind ja so langsam bergauf.«

Jeder der Anwesenden atmete tief durch. Katharinas Herz klopfte bis zum Hals. Maria hatte Tränen der Erleichterung in den Augen, und Josef spielte verlegen mit einem Stück Stoff, um seine Aufregung zu verstecken.

Katharina ging zögernd auf Ruprecht zu, drückte ihm einen Kuss auf die Wange und sagte leise zu dem verdutzt schauenden Knecht: »Danke für alles!«, und dann, dass es jeder hören konnte: »Jetzt geh ich in den Stall und füttere den Klepper, ohne den wir die Nachricht nicht hätten!«

Am nächsten Morgen war die Stunde des Abschieds gekommen.

Frühzeitig hatte Ruprecht die Ochsen vor den Karren gespannt. Katharina saß auf einem Heuballen, und eine Decke schützte sie vor der Morgenkühle des Hügellandes. Die gesamte Vogelwelt schien sich versammelt zu haben. Kathi war es, als wären die Bäume noch grüner und die Blumen am Wegesrand noch farbiger als sonst.

Sie hatte so lange gewunken, bis hinter einem Waldstück nichts mehr von dem kleinen Hof zu erkennen war. Das weiße Stück Stoff war inzwischen von Kathis Tränen und ihrem Nasenschnodder durchweicht.

Ruprecht führte vom Bock aus die beiden Zugtiere wie kein anderer.

Das Vesperbrot und der Apfel von Maria gaben Kathi Hoffnung, die Stunden bis zum Branderhof auf dem rukkelnden Karren einigermaßen zu überstehen.

Der Rhythmus des wankenden Ganges der Tiere und ihr Schnauben hatte sie müde werden lassen. Schließlich weckte Ruprecht sie, und beide packten ihr Vesperbrot aus und nutzten die Gelegenheit sich zu erleichtern.

Da der Knecht in seine eigenen Gedanken versunken und nicht sehr gesprächig war, döste sie wieder vor sich hin im Wechsel mit kurzen Träumen aus den vergangenen Tagen.

Nach Stunden wurde der holprige und verschlammte Weg von einer Straße mit festem Untergrund abgelöst.

Sie waren an Gut Branderhof angekommen.

Ruprecht steuerte den Ochsenkarren gekonnt durch den beeindruckenden Torbogen und hielt vor dem Stall an.

Katharina stand auf, glättete das grob gewebte Kleid, richtete ein wenig ihr Haar und ließ sich von Ruprecht vom Karren helfen. Niemand war zu sehen. Nur das Vieh im Stall war zu hören und ein kleiner Hund näherte sich mutig den beiden Riesen.

Plötzlich öffnete sich die Tür des Wohnhauses und Katharinas Eltern traten heraus. Dahinter erschienen zwei Mägde und ein junger Mann in der Kleidung eines Melkers. Sie blieben zurück, als die beiden langsam auf ihre Tochter zugingen.

Plötzlich riss sich ihre Mutter von der Hand ihres Mannes und lief stolpernd auf dem Kopfsteinpflaster der Tochter entgegen.

Als sich beide schluchzend in den Armen lagen, sagte Henriette nur das eine Wort: »Warum?« Dann winkte sie Leonhard zu.

So stand die Familie Brammertz eng umschlungen und allein mitten auf dem Hofplatz und wusste in dem Moment nicht, wie es weitergehen sollte.

Nachdem Leonhard Brammertz den Knecht verabschiedet und erneut gönnerhaft mit Geld bedacht hatte, ging er auf seine Tochter zu und umarmte sie etwas unbeholfen. »Ich danke dem lieben Gott, dass wir dich zurückhaben, Kathi.« Mehr brachte er unter Tränen nicht heraus.

»Wir werden genug Zeit haben, über alles in Ruhe zu sprechen«, meinte Henriette, als sie zu den beiden herangetreten war.

Kathi atmete tief durch, verabschiedete sich von den Hofbediensteten und mit einem langen Händedruck von Ruprecht. Ihm trug sie nochmals Grüße an die Familie auf.

Dann meinte sie zu ihren Eltern: »Nun lasst uns nach Hause fahren!«

In dem Moment, als die Kutsche vor ihrem Anwesen hielt, wäre Kathi am liebsten ausgebrochen und hätte sich wieder auf den Weg zurück in den Hauseter Wald gemacht.

Die drei betraten das Haus, ohne dass sie jemand in Empfang nahm. Elisabeth, Isolde und die anderen Hausmädchen hatten Anweisung, die Herrschaften und ihre wiedergefundene Tochter jetzt allein zu lassen.

Als später die Familie im Salon beieinander war, saß eine andere, gereifte Tochter vor ihren Eltern.

Kathi wandte sich mit großem Ernst an ihren Vater und erklärte: »Ich habe nachgedacht – über mich, über euch, über meine Zukunft. Ich möchte eine Ausbildung machen, um das Handwerk eines Tuchmachers in allen Arbeitsschritten zu lernen, selbst, wenn es sich für die Tochter eines Unternehmers nicht schickt. Es muss auch nicht unsere Fabrik sein, in der ich neben den Arbeitern stehen werde.

Sollte ich jemals deine Firma übernehmen, würde ich neben dem notwendigen Streben nach Gewinn besonderen Wert auf die Absicherung der Arbeiter im Alter legen. Und: die Familie eines verletzten Arbeiters muss menschenwürdig weiterleben können!«

Kathi trug ihre Überlegungen mit großem Ernst vor. »Die Arbeiter sollen wissen, dass der Unternehmer nicht ihr Ausbeuter ist! Und was die gut ausgebildeten Scherer betrifft: Sie müssen weiterhin die Aufträge für ihre Werkstatt behalten können, statt für eine Fabrik tätig sein zu müssen.«

Schweigend saßen die Eltern da und hörten nur zu.

Ein Stein fiel Kathi vom Herzen, als sie spürte, dass weder Vater noch Mutter Einwände erhoben. Vielleicht waren sie sogar ein wenig stolz darauf, dass ihre Tochter plötzlich in diese Richtung dachte?

Und sie dankte es den Eltern, dass sie sie bislang von Fragen zu der Untat verschont hatten. Sie wollte selbst den Zeitpunkt bestimmen, wann sie bereit war, von dem Geschehenen zu berichten.

Nun musste Kathi loswerden, was ihr besonders auf der Seele brannte, seitdem sie sich wieder begegnet waren und ihre Eltern dieses Thema wider Erwarten nicht angesprochen hatten.

Sie druckste herum: »Omas Brosche hatte ich an Vaters Geburtstag im Garten verloren. Deshalb konnte ich sie nicht in die Schatulle zurücklegen. Mama, ich hab dich aus meiner Not heraus angelogen. Bitte verzeih mir.« Dabei schaute sie ihre Mutter bittend an. Mit leiser Stimme ergänzte sie ihr Geständnis: »Ihr wisst, wer sie hat!«

Henriette nahm die Hand ihrer Tochter und beließ es schweren Herzens dabei.

Es war spät geworden, als Henriette ihren Mann bat, jetzt die beste Flasche aus dem Weinkeller zu holen, was er murrend auch tat.

Als er weg war, kniete sich Kathi vor ihre Mutter, legte den Kopf in ihren Schoß und gestand lächelnd: »Mama, bei den Tuchmachern hab ich das Schnapstrinken gelernt!«

# Über den Autor

Volker Leuoth war Lehrer für Sonderpädagogik und promovierte in Erziehungswissenschaften. Er arbeitete viele Jahre in der Lehrerausbildung und hatte einen Lehrauftrag an der Universität zu Köln.

Der Autor ist Mitverfasser verschiedener Schulbücher.

Zuletzt unterrichtete er am College der VHS Aachen.

Volker Leuoth ist verheiratet und wohnt in Aachen.

Die Erstausgabe seines historischen Romans »Aachen brennt« erschien 2012 im Einhard-Verlag Aachen, eine 2. überarbeitete Auflage 2021 im Eifeler Literaturverlag. Der Nachfolgeband hierzu, »Der Himmel bestimmt deine Zeit«, wurde 2021 ebenfalls vom ELV herausgegeben.

Im Jahr 2015 erschien im Einhard-Verlag der historische Roman »Gefährliche Grenze« und 2017 im Verlag Mainz die Romanbiografie »Alis Reise nach Aachen«.

# Danksagung

Mein Dank geht an Herrn Christoph Swiontek und Herrn Daniel Santosi vom Lektorat des Eifeler Literaturverlages. Herrn Dietrich Betcher danke ich herzlich für die gelungene Einbandgestaltung.

Angelikas liebevoll-konstruktive Betrachtung des Manuskripts war mir stets eine große Hilfe, auch bei der Entstehung von »Blaues Tuch«.

# Hinweise zur Literatur


Buhren, J.: Von der Kunst des Färbens – Das Eupener Färbereigewerbe in: Geschichtliches Eupen, Bd. 49, 2015

Buhren, J.: Die Industrie am Wildbach in Aachen, Aachen 2023

Der Verein Tuchwerk Aachen e.V.: Hrsg. Tuchwerk Aachen, Aachen 2022

Kalinka, G., Schütten, J.: Naturraum Wurmtal, Hrsg. Landschaftsverband Westfalen-Lippe 1993

Kraus,T.: Aachen von den Anfängen bis zur Gegenwart, Neustadt/Aich, Bd.5, 2018

Ministerium für Heimat, NRW: Die Wollroute in der Region Maas-Rhein, o.J.

Rotes Haus Monschau: Auf Tuchfühlung mit einer Familiendynastie, o.J.

Schmidt, M.: Burtscheid. Eine Tuchmanufakturstadt um 1812 in: Geschichtlicher Atlas der Rheinlande, Beiheft VII/8, 1997

Stadtmuseum Eupen: Ein Haus voller Geschichten, o.J.

Wynands, Dieter PJ: Elementarbildung während der Industrialisierung. Das Volksschulwesen der Stadt Aachen von 1814 – 1924 (Studien zur Pädagogik, Andragogik und Gerontagogik, Bd 34, Frankfurt am Main 1997, S.56/129f in: Zeitschrift des Aachener Geschichtsvereins Jahrgang 2021/2022


*Literaturhinweise, entnommen aus dem Internet:*


https://www. tessloff.com: Einführung der Schulpflicht in Preußen

https:// www.ostbelgienkulturerbe.be: Die Industriegeschichte der Eupener Unterstadt eastbelgica productions, das kulturnetzwerk: KYRIE, das Musical, o.J.

gentleman-blog.de: Geschichte der Mode

www.ndr.de/geschichte/chronologie: Auswanderung

https://de.m.wikipedia.org>wiki: Wollstoffe färben um 1820

www.planet-wissen.de/kulturbrauchtum: Historie

VOLKER LEUOTH

## Aachen brennt

Ein historischer Roman

308 Seiten, 15,00 EUR

ISBN: 978-3-96123-019-8

Aachen im Jahr 1656: Zwischen der streng katholisch erzogenen Anna Maria und dem Protestanten Johannes hat sich eine zarte Liebe entwickelt. Sie leiden wie viele Bürger der Stadt unter religiöser Intoleranz, den Wirrungen in Glaubensfragen und der Angst vor dem Inquisitionsgericht. Es folgen dramatische Entwicklungen mit Auswirkungen auf ihr Alltagsleben, die Familien und ihre Liebe.

Beide werden an unterschiedlichen Orten in die Katastrophe des großen Stadtbrandes hineingezogen, der Aachen nahezu vollständig zerstört. Trotz dieser Spannungen wollen sie zueinander finden …

Volker Leuoth

## Der Himmel bestimmt deine Zeit

Ein historischer Roman

200 Seiten, 15,00 EUR

ISBN: 978-3-96123-020-4

Aachen im Mai 1656: Nach dem Großen Brand liegt die Stadt in Schutt und Asche. Die junge Bäckerstochter Anna Maria sucht in der allgemeinen Verwirrung einen Weg, mit der vermeintlichen Schuld ihres Vaters an der Katastrophe umzugehen. Sie verspürt die Bestimmung, Verantwortung zu übernehmen und am Wiederaufbau der zerstörten Stadt mitzuwirken.

Bei ihrem Einsatz für Gerechtigkeit, gegen Missgunst, Hehlerei und Bestechlichkeit kommt sie schließlich kriminellen Geschäftemachern gefährlich nahe …